Philip Gonzalez, Ginny und ihre Katzen leben in New York. Leonore Fleischer hat mehr als fünfzig Romane zu Filmen geschrieben, darunter zu *Rainman* und *Shadowlands*. Sie lebt ebenfalls in New York.

Deutsche Erstausgabe Dezember 1997
Copyright © 1997 für die deutschsprachige Ausgabe
Droemersche Verlagsanstalt Th. Knaur Nachf., München
Das Werk einschließlich aller seiner Teile ist urheberrechtlich geschützt.
Jede Verwertung außerhalb der engen Grenzen des Urheberrechts-
gesetzes ist ohne Zustimmung des Verlages unzulässig und strafbar.
Das gilt insbesondere für Vervielfältigungen, Übersetzungen,
Mikroverfilmungen und die Einspeicherung und Verarbeitung
in elektronischen Systemen.
Titel der Originalausgabe »The Dog Who Rescues Cats«
Copyright © 1995 by Philip Gonzalez und Leonore Fleischer
Originalverlag Harper Collins, New York
Umschlaggestaltung Agentur Zero, München
Umschlagfoto PICTOR International, München
Satz MPM, Wasserburg
Druck und Bindung Ebner Ulm
Printed in Germany
ISBN 3-426-60524-4

2   4   5   3   1

Philip Gonzalez/Leonore Fleischer

DER HUND, DER KATZEN RETTET

Die wahre Geschichte der Hündin Ginny

Aus dem Amerikanischen
von Traudl Weiser

Für Ginny und Vogue

PHILIP GONZALEZ

Für meinen Sohn Alexander,
für meinen Enkel Theodore und
für meine Katze Mitzi

LEONORE FLEISCHER

INHALT

DANKSAGUNG

Ich danke Phyllis Levy, die alles durch die Veröffentlichung eines Artikels über Ginny und mich in *Good Housekeeping* in Gang gesetzt, und Freya Manston, die aus unserer Geschichte ein Buch gemacht hat.

Ich danke Cleveland Amory, einer von Ginnys ersten Anhängern, ein Gigant des Tierschutzes, dessen Bücher mich inspiriert haben, sowie meinem Lektor Larry Ashmead für seinen Enthusiasmus.

Mein besonderer Dank gilt Ginnys »Mommy« Sheilah, die von Anfang an dabei war, und meinen Tierärzten Lewis Gelfand, D.V.M., und Andrea Kuperschmid, D.V.M., die es Ginny und mir ermöglichten, so vielen Katzen zu helfen.

Außerdem danke ich Ken Colon, Ginnys erstem Freund und Beschützer, und allen anderen Freunden von Ginny.

VORWORT

Seit Erscheinen von Paul Gallicos unsterblichem Klassiker *Die Schneegans* hat es keine so rührende Geschichte wie *Der Hund, der Katzen rettet* gegeben. Gallicos Buch handelt von einem behinderten Mann, der an der Küste wohnt und zuerst Schneegänse vor Jägern und dann britische Soldaten in Dünkirchen vor deutschen Soldaten rettet.

Der Hund, der Katzen rettet ist ebenfalls die Geschichte eines behinderten Mannes, der an der Küste lebt und Leben rettet. Obwohl der Mann zuerst einer Hündin und dann unzähligen Katzen das Leben rettet, tut er das eigentlich nicht selbst, sondern seine Hündin. Und Katzen, angeblich die Erzfeinde von Hunden, werden in diesem Buch zu Erzfreunden der Hündin.

Der Mann heißt Philip Gonzalez. Er ist Vietnamveteran, der zwar im Krieg nicht verwundet, aber danach bei einem Arbeitsunfall die Bewegungsfähigkeit seines rechten Arms verlor.

Obwohl Philip zusammen mit Leonore Fleischer der Autor dieses Buches ist, gibt er sich darin bescheiden mit einer Nebenrolle zufrieden. Die wahre Heldin ist die Hündin. Ihr Name ist Ginny. Sie ist ganz definitiv eine undefinierbare Mischung – ein Teil Schnauzer, ein Teil Husky und ein Teil irgendwas Beliebiges. Aber in einer Hinsicht besteht Ginny aus einem Ganzen – sie ist nur Herz. Von Anfang bis Ende ist sie nicht nur die Initiatorin beinahe jeder Rettungsaktion, die sie und ihr Herrchen starten, sondern sie sorgt auch dafür, daß alle so enden, wie es sein sollte – glücklich.

Nacht für Nacht beginnen Philip und Ginny spät (oder früh am Morgen, wie man es nimmt) ihre Runden. Es ist gegen halb fünf, weil das offensichtlich die beste Zeit für die Rettung von Katzen ist. Gemeinsam gehen die beiden – Ginny an der Leine, Philip mit der Leine in der Hand – in ihrer keineswegs wohlhabenden Gegend Patrouille. Sie überprüfen alle erdenklichen Orte, wo eine Katze Zuflucht suchen könnte – dunkle Gassen, verlassene Gebäude, leere Grundstücke, Schrottplätze und sogar Straßen. Und immer wieder rettet Ginny Katzen, die behindert oder verkrüppelt sind. Die erste Katze, die Ginny aufspürte, war taub, der zweiten fehlte ein Auge, eine weitere hatte keine Hinterfüße, und eine andere war so hirngeschädigt, daß sie sich nur rollend fortbewegen konnte.

Jede einzelne dieser Katzen findet bei Gonzalez ihr oder sein Zuhause. Und Sie müssen sich bei der Lektüre dieses Buches immer wieder vergegenwärtigen, daß die Geschichten nicht erfunden sind, sondern auf Tatsachen beruhen. Jede dieser unglaublichen Rettungsaktionen fand wirklich statt. Ich weiß das, weil ich das Glück hatte, Philip und Ginny und ihre riesige Katzenschar persönlich kennenzulernen. Ich habe keine einzige von ihnen vergessen. Ganz gewiß habe ich Betty Boop nicht vergessen, die keine Hinterfüße hat, oder Topsy, die nur überall hinrollen kann.

Und ich bin überzeugt, daß Sie nach der Lektüre dieses Buches ebenfalls keine der Katzen vergessen werden, vor allem aber nicht diese ganz besondere Hündin namens Ginny.

CLEVELAND AMORY,
Autor von *Die Katze,*
die zur Weihnacht kam
März 1995

EINS

PHILIP

Dies ist die wahre Geschichte der erstaunlichsten Hündin, die mir je begegnet ist. Ja, ich gebe zu, voreingenommen zu sein, weil ich sie so sehr liebe, aber ich bin nicht der einzige, der diese Behauptung aufstellt. Beinahe alle Menschen, die sie kennengelernt haben, finden, sie sei einzig in ihrer Art, und mir wird sogar gesagt, daß noch nie jemand von so einer Hündin gehört habe. Über diese Hündin wurde von vielen Menschen geschrieben und erzählt. Ein Teil ihrer inspirativen Geschichte wurde sogar in einem Artikel in der Illustrierten *Good Housekeeping* veröffentlicht, aber es gibt noch eine Menge zu berichten. Diese kleine Hündin hat viele Leben verändert – Menschenleben und Tierleben. Zuerst meines. Vor allem meines.

Dies ist die wahre Geschichte meiner Hündin. Sie heißt Ginny.

Und ich heiße Philip Gonzalez. Ich wurde vor fünfundvierzig Jahren in Mayagüez auf Puerto Rico geboren, aber nach New York gebracht, als ich erst sieben

Monate alt war, und ich bin nie in meine Heimat zurückgekehrt. Mein ganzes Leben habe ich in der Nähe des Atlantiks – zunächst in Far Rockaway und jetzt in einer anderen Strandgemeinde auf Long Island – verbracht. Wir waren eine große Familie mit vielen Kindern. Zuerst kamen die drei Jungen, von denen ich der jüngste war. José, Peter, ich und dann meine drei Schwestern, Nancy und die Zwillinge Maria und Marguerita.

Wir standen einander sehr nahe, obwohl zwischen dem Ältesten, José, und den Jüngsten, den Zwillingen, ein Altersunterschied von dreizehn Jahren ist. Die Familie hat viel gemeinsam unternommen. Weil wir in der Nähe des Meeres lebten, verbrachten wir jeden Sommer viel Zeit am Strand. Wir besuchten aber auch Straßenmärkte, Volksfeste und sahen uns gemeinsam das Feuerwerk am Vierten Juli, dem Unabhängigkeitstag, an und veranstalteten Picknicks und Grillpartys. Da wir sechs Geschwister eine Menge Freunde hatten, quoll unsere Wohnung gewöhnlich vor Kindern jeden Alters über.

Ich hatte eine glückliche Kindheit. Ich war sehr lebhaft und liebte den Sport, vor allem die Ballspiele, die die Nachbarsjungen auf den Straßen spielten – Schlagball und Handball –, aber ich spielte auch Racketball und Paddleball. Für Football war ich zu klein und zu leicht, doch ich habe mir die Spiele immer gern angesehen.

Mit neunzehn ging ich zum Militär und diente in der US-Army. Ich war in Vietnam und habe auch an Kampfeinsätzen teilgenommen, aber darüber möchte ich nicht reden. Das war eine dunkle Periode meines Lebens, an die ich mich lieber nicht erinnere. Außerdem starb meine Mutter 1971, als ich in Vietnam war, und einer meiner Brüder starb im Jahr davor, was ein Grund mehr ist, diese traurige Zeit möglichst zu vergessen.

Wie es dazu kam, daß ich nach Vietnam verschifft wurde, ist ein merkwürdiges Kapitel in meinem Leben. Weil ich freiwillig zum Militär gegangen und nicht auf den Einberufungsbefehl gewartet hatte, hatte ich zwischen Vietnam und Deutschland die Wahl. Da ich keine Todessehnsucht hatte, entschied ich mich natürlich für Deutschland.

Meine Grundausbildung absolvierte ich in Fort Dix in New Jersey und hatte mit dem AIT, dem Advanced Individual Training, begonnen. Einen Tag bevor mein Regiment ins Biwak ausrückte, besuchte mich mein Bruder Peter. Da Besuchstag im Camp war, brachte er Josés kleine Tochter Cindy mit. Wir verlebten einen schönen Tag miteinander, aber Peter schien der Gedanke zu beunruhigen, daß ich nach Vietnam verlegt werden könnte.

»Auf gar keinen Fall«, versicherte ich ihm. »Ich werde in Deutschland stationiert. Garantiert.«

Peter schüttelte den Kopf. »Das gefällt mir nicht. Wenn sie dich nach Vietnam schicken, lasse ich mich an deiner Stelle verpflichten.«

Peters Sorge und Zuneigung rührten mich. Im Vergleich zu den anderen Geschwistern war der Altersunterschied zwischen Peter und mir am geringsten, und deshalb hat zwischen uns immer ein besonders starkes Band bestanden. Peter war auch mein engster Freund, und ich war glücklich, daß er die gleichen Gefühle für mich hegte.

Am nächsten Tag rückten wir ins Biwak aus, schliefen in Zelten im Wald und aßen Feldrationen. Als ich in der Nacht durch den Wald zu meinem Zelt ging, stolperte ich über etwas. Es war ein frisch ausgehobenes Grab. Natürlich war es kein richtiges, sondern nur ein Loch in der Erde, das die Kameraden aus Jux gegraben hatten. Darauf hatten sie einen unechten Grabstein errichtet, auf dem stand: RUHE IN FRIEDEN, G. I. JOE. Obwohl ich merkte, daß es bloß ein Spaß war, beunruhigte mich das »Grab«.

Als ich zu meinem Zelt kam, sprang mich etwas Dunkles und Großes an und erschreckte mich zu Tode. Es war eine Kröte, eine wirklich gewaltige. Sie hätte mich eigentlich nicht erschrecken sollen, denn an Kröten im Wald ist nichts Ungewöhnliches, aber ich war ein Stadtjunge, der noch nie so ein Tier aus der Nähe gesehen hatte.

Als ich in dieser Nacht einzuschlafen versuchte, donnerte und blitzte es stundenlang. Die ganze Nacht kam mir ziemlich unheimlich vor – zuerst das Grab, dann die Kröte und dann auch noch das Gewitter. Wie eine Halloween-Nacht. Ich schlief erst sehr spät ein.

Am nächsten Morgen weckte mich ein Lieutenant, der die Zeltreihen entlangschritt und brüllte: »Peter Gonzalez! Wer ist Peter Gonzalez? Gibt es hier einen Peter Gonzalez?«

»Mein Name ist Philip Gonzalez«, antwortete ich.
»Aber ich habe einen Bruder, der Peter heißt.«

»Dann sind Sie gemeint. Ihr Bruder ist letzte Nacht gestorben.« Er sagte das einfach so, ohne Warnung, ohne Umschweife, ohne Mitgefühl.

Ich bekam einen Schock. Peter? Tot? Wie war das möglich? »W-wie? W-was ist passiert?« konnte ich nur stammeln.

»Autounfall. Fahren Sie zur Basis. Zur Beerdigung dürfen Sie nach Hause.«

Ich händigte ihm mein Gewehr aus und kletterte in einen Jeep, der mich nach Fort Dix zurückbrachte. Dort zog ich meine beste Uniform an und fuhr mit dem Bus nach Far Rockaway. Unterwegs konnte ich nicht zu Hause anrufen, weil ich sonst den Anschlußbus verpaßt hätte. Ich war wie betäubt und vermochte nicht klar zu denken. Erst gestern noch hatte ich Peter gesund und munter gesehen, und jetzt war er tot! Das ergab keinen Sinn. Und wenn er auf dem Nachhauseweg von der Militärbasis verunglückt war? Ich würde mich mein Leben lang schuldig fühlen. Hatte er einen Autounfall gehabt? Und was war mit der kleinen Cindy? War sie verletzt worden? Während der ganzen Heimfahrt quälten mich diese Fragen.

Zu Hause angekommen, erfuhr ich, daß Peter nicht bei einem Unfall gestorben war. Er war – trotz seiner Jugend – einem plötzlichen Herzanfall erlegen. Es war ein trauriger Tag für die Familie Gonzalez, als wir Peter beerdigten. Und meine Mutter überlebte ihn nicht lange. Sie starb im Jahr darauf.

Als ich nach Fort Dix zurückkehrte, meldete ich mich freiwillig für Vietnam. Ich kann nicht erklären, warum ich das machte; ich hatte einfach das Gefühl, es tun zu müssen. Wahrscheinlich hatte ich das Interesse an meinem Leben verloren; vielleicht hatte ich sogar eine Todessehnsucht entwickelt, die ich vorher nicht gehabt hatte. Ich weiß nur, daß ich Schuldgefühle hatte, weil ich lebte und Peter tot war.

Doch noch nicht genug der Merkwürdigkeiten. An Thanksgiving, dem vierten Donnerstag im November, wurden wir nach Vietnam verladen, aber nicht auf ein Schiff, sondern in ein militärisches Transportflugzeug. Diese Flüge heißen Military Airlift Command oder MAC-Flüge. Auf dem Flug nach Vietnam machten wir eine Zwischenlandung in Anchorage, um aufzutanken und vier neue Passagiere an Bord zu nehmen. Der MAC-Flug war voll besetzt, und da die vier neuen Soldaten Ranghöhere waren, mußten drei meiner Kameraden und ich aussteigen und auf das nächste Transportflugzeug warten. Wir trugen Dschungelausrüstung, und in Anchorage ist es im November verdammt kalt. Also können Sie sich vorstellen, daß wir nicht sehr erfreut waren, sondern mit klappernden Zähnen fluchten.

Unser Flugzeug hob ohne uns ab, und während wir auf der Rollbahn standen und ihm nachsahen, machte die Maschine eine plötzliche Drehung in Richtung Erde und zerschellte explodierend auf dem Boden. Niemand überlebte den Absturz. Durch einen verrückten Zufall – wie das Schicksal so spielt – blieben nur wir vier, die zurückgelassen worden waren, am Leben.

Man verfrachtete uns in ein Flugzeug, mit dem wir zur Elmendorph Air Force Base geflogen wurden, ohne uns zu erlauben, zu Hause anzurufen, um unseren Angehörigen mitzuteilen, daß es uns gutging. Die Behörden beschlossen, die tragische Geschichte zurückzuhalten, bis den nächsten Verwandten der Opfer auf möglichst schonende Weise die Nachricht von dem Unglück übermittelt werden konnte. Erst als wir in Japan landeten, hatte ich eine Gelegenheit, meiner Mutter eine Postkarte zu schicken, auf der stand: »Ich lebe. Ich war nicht in dem Flugzeug, das abgestürzt ist.« Uns wurde nicht einmal ein Anruf erlaubt – nur eine Postkarte. Bis zu dem Augenblick, als meine Mutter die Karte erhielt, glaubte sie, ich sei tot, und ich bin mir sicher, daß dieser Schock zusammen mit dem noch nicht lange zurückliegenden Tod meines Bruders dazu beigetragen hat, daß sie so früh starb.

Ein Gutes hatte dieses schreckliche Erlebnis allerdings. Ich hatte keine Angst mehr vor Kampfeinsätzen. Ich war der Meinung, daß Gott, hätte er mich sterben lassen wollen, genügend Gelegenheiten gehabt hatte. Doch er hatte keine wahrgenommen. Also sparte er mich vielleicht für irgend etwas auf. Nie hätte ich vermutet, was für ein merkwürdiges Schicksal er für mich vorgesehen hatte.

MEINE ERSTEN ERFAHRUNGEN
MIT HUNDEN UND KATZEN

Meine Erfahrungen mit Tieren waren weder umfassend noch tiefgreifend, begannen jedoch früh. Ich war neun und spazierte eines Tages die Straße entlang, als mich ein älterer Junge aus der Nachbarschaft, den ich flüchtig kannte, ansprach: »Da, möchtest du das haben?«

Er legte etwas Weiches und Pelziges in meine Hand, und ich sah das winzigste Kätzchen, dem ich je begegnet war. Es war wohl gerade erst geboren worden. Ich nahm es mit nach Hause, aber niemand außer mir glaubte daran, daß es überleben würde. Ich fütterte das Kätzchen Tag und Nacht mit Milch aus einer Augentropfenflasche, und zu unser aller Verwunderung wurde es größer und stärker. Ich nannte es Sylvia, und obwohl ich die Katze jahrelang fütterte und ihr Katzenklo säuberte, war sie, ehrlich gesagt, die Familienkatze und gehörte nie wirklich mir.

Da meine Schwester eine Katzenallergie hatte, mußten wir Sylvia in einem separaten Teil der Wohnung halten. Sie wuchs zu einer aggressiven Katze heran, die am liebsten jeden, der nicht zur Familie gehörte, in der Luft zerrissen hätte. Besucher hatten tatsächlich Angst, durch die Vordertür hereinzukommen. Uns mochte Sylvia anscheinend, denn sie kratzte nie einen Gonzalez. Seltsamerweise fraß sie trotz ihrer Wildheit nie Fleisch oder Fisch. Katzen sind Fleischfresser, aber Sylvias Lieblingsnahrung bestand aus Milch und

Brot – wahrscheinlich, weil ich sie mit Milch aufgepäppelt habe. Katzenfutter oder Hühnchen oder Rindfleisch vom Tisch rührte sie nicht an. In einem Jahr herrschte Milchstreik in New York, und um Sylvia füttern zu können, mußte meine Mutter viele Straßen weit gehen, bis sie einen Liter Milch auftrieb, für den sie fünfzig Cent anstatt der üblichen fünfundzwanzig zu zahlen hatte.

Sylvia lebte acht Jahre und erwärmte sich weder für Fleisch noch Fisch oder Fremde. Sie war und blieb die einzige Katze im Haushalt der Familie Gonzalez. Später in meinem Leben holte eine Freundin, mit der ich zusammenwohnte, zwei Katzen aus dem Bide-A-Wee-Tierheim. Als wir uns trennten und sie auszog, blieben die Katzen, Sophie und Sheba, zurück. Vielleicht mochten mich die beiden, oder aber ihnen gefiel einfach nur die Wohnung, jedenfalls wollten sie nicht weg. Ich behielt die Katzen eine Weile, doch als ich hörte, daß eine Familie Haustiere für ihren Jungen, der ans Bett gefesselt war, suchte, gab ich sie ihr. Und die beiden machten den Jungen sehr glücklich. Es kam mir nie in den Sinn, Sophie und Sheba durch andere Katzen zu ersetzen.

Offen gesagt, zählten Katzen nie zu meinen Lieblingstieren. Wahrscheinlich habe ich all diese dummen, von Menschen erfundenen Geschichten geglaubt – daß Katzen distanziert, treulos, nicht liebevoll und sogar falsch seien. Ich bin mir nicht sicher, was die Menschen damit meinen. Vielleicht hat es etwas damit zu tun, daß Katzen ihre Krallen einziehen können und

Hunde nicht. Eine Katze kann also leise ein Zimmer durchqueren, während die Krallen des Hundes *klick, klick* auf dem blanken Holz machen, so als würde der Hund offen zeigen, wohin er geht, während die Katze absichtlich ihre Bewegungen zu verheimlichen sucht. Menschen können sich in bezug auf Dinge, die sie nicht verstehen, wirklich dumm verhalten. Und Ignoranz führt oft zu Angst und Haß, wie ich später in meinem Leben herausfinden sollte.

Auch wenn ich Katzen gegenüber aber gleichgültig war, so mochte ich doch Hunde. Als ich achtzehn war, bekamen wir einen Hund. Der Besitzer von Husky war ein Kollege meines Bruders Peter, und als der Mann starb, wollte seine Familie den Hund einschläfern lassen. Husky war nicht mehr jung – vielleicht sieben oder acht Jahre alt –, aber noch gut in Form und voller Lebenslust. Es wäre eine Schande gewesen, ihn zu töten. Husky war ein reinrassiger Collie und ungefähr zweimal so groß wie Lassie. Da unser Vermieter keinen Hund in der Wohnung erlaubte, schmuggelten mein Bruder und ich Husky rein und raus, versteckten ihn tagsüber (was wegen seiner Größe nicht leicht war) und führten ihn nur nachts aus. Zum Glück für uns (und für ihn) bellte Husky so gut wie nie; er war ein lieber, freundlicher, extrovertierter Hund, der wie wild mit dem Schwanz wedelte, wenn jemand mit ihm sprach.

Ich hatte mit Husky nur ungefähr zwei Jahre gelebt, als ich zum Militär ging.

Der arme Husky fand ein sehr trauriges Ende. Mein

ältester Bruder José war von zu Hause ausgezogen und lebte in einer eigenen Wohnung. Er hatte einen Deutschen Schäferhund namens Vicky, eine ganz liebe Hündin. Husky besuchte die beiden oft, und er und Vicky spielten zusammen. Eines Tages waren die Hunde in Josés eingezäuntem Hof. Zufälligerweise waren beide angebunden, doch zwei große streunende Hunde hatten in der Nachbarschaft bellend und zähnefletschend Frauen und Kinder erschreckt. Bei der Polizei waren Beschwerden eingegangen.

Ein Polizist kam zu José und beschuldigte Vicky und Husky, die Nachbarn zu terrorisieren. José protestierte gegen den Vorwurf, die Hunde würden in der Gegend herumstreunen, und beteuerte, daß die beiden den ganzen Nachmittag im Hof angebunden gewesen seien. Außerdem seien Vicky und Husky keine bösartigen Tiere, sondern freundliche Hunde, die Menschen mochten.

Aber der Polizist stellte sich taub. Er hatte nach zwei Hunden Ausschau gehalten und zwei Hunde gefunden. Mehr interessierte ihn nicht. Noch ehe José etwas sagen oder tun konnte, zog er seinen Revolver und erschoß die beiden Hunde. Zwei unschuldige Wesen wurden in Sekundenschnelle getötet.

Als ich die Nachricht in einem Brief von zu Hause las, war ich schockiert. Das ging über meinen Verstand. Wie konnte jemand nur so grausam sein und hilflose Tiere töten. Leider war das nicht das letzte Beispiel menschlicher Grausamkeit, mit dem ich konfrontiert wurde.

In Vietnam wollte einer aus unserer Einheit einen Wasserbüffel erschießen. In Vietnam gibt es viele Wasserbüffel; die Dorfbewohner benutzen die Tiere für die Arbeit in der Landwirtschaft, und sie sind für das Überleben der Familien und der Dörfer wichtig. Der Kerl hatte das Gewehr schon im Anschlag, als ich ihn stoppte.

»Laß das Tier in Ruhe«, sagte ich. »Wenn du etwas erschießen willst, dann schieß auf einen Vietcong, der mit einer Waffe auf dich losgeht. Dieses Tier hat keine Waffe, also erschieß es nicht.«

Ich war ein sehr guter Gewehrschütze und qualifizierte mich zuerst als Scharfschütze und dann als Experte. Auf hundertzwanzig Schüsse hatte ich hundertachtzehn Treffer. Als ich jedoch aus dem Militär entlassen wurde und die Kollegen auf der Baustelle mich zur Jagd einluden, lehnte ich ab. Für mich gab es nie einen Grund, ein anderes Lebewesen zu töten, und ich habe immer Grausamkeiten jeder Art gehaßt.

MONTOOSE

Nach meiner Rückkehr aus Vietnam und der Entlassung aus dem Militärdienst legte ich mir einen Hund zu, einen kleinen Mischling, den ich Montoose nannte. Ursprünglich hatte ich nicht die Absicht gehabt, mir einen Hund anzuschaffen. Ich machte nur einen Spaziergang am Strand, als ich zwei kleine Jungen aufs Wasser zugehen sah. Einer hatte einen winzigen Welpen in der Hand.

26

»Was wollt ihr mit dem Hund machen?« fragte ich.

»Unsere Mom sagt, wir können ihn nicht behalten. Also werfen wir ihn ins Wasser und ertränken ihn«, antwortete der eine Junge.

Obwohl ich eigentlich keinen Hund haben wollte, konnte ich den Gedanken, diesen kleinen Kerl töten zu lassen, nicht ertragen. »Nein, gib ihn mir, ich kümmere mich um ihn.«

Ich trug den Welpen in mein Hemd gewickelt vom Strand nach Hause; er konnte nicht älter als fünf oder sechs Wochen sein, also viel zu jung, um ohne Mutter zu sein. Ich würde ihm die Mutter ersetzen müssen, zumindest so lange, bis ich einen guten Platz für ihn gefunden hatte. Er hat mich wohl für seine Mutter gehalten, denn er gewöhnte sich an, mir überall hinterherzutrotten wie ein kleiner Schatten.

Er war ein Dobermann-Collie-Mischling, schwarz und braun wie ein Dobermann, aber mit der spitzen Schnauze eines Collies. Der Welpe war wirklich niedlich, und ich fütterte ihn mehrmals am Tag, zuerst mit Milch und später mit Rind- und Hühnerfleisch und schließlich mit Hundefutter. Der Kerl hatte einen unbändigen Appetit und wurde jeden Tag größer und stärker. Schließlich war er alt genug, um ihn wegzugeben.

Ein Freund hatte gesagt, er würde mir den Hund abnehmen, und er kam ins Haus, um ihn abzuholen. Ich war wirklich fest entschlossen, ihn wegzugeben, aber als ich zu ihm hinuntersah (er saß wie gewöhnlich so nah wie möglich bei mir), brachte ich es nicht übers Herz.

»Tut mir leid, aber ich habe meine Meinung geändert. Ich behalte ihn«, sagte ich zu meinem Freund. »Ich nenne ihn Montoose.«

Montoose hatte ein Kamerad beim Militär geheißen, und ich habe mir immer gedacht: Was für ein schöner Name für einen Hund. Er war ein phantastischer kleiner Hund, gewitzt und freundlich. Er wurde nicht sehr groß und wog nur ungefähr achtundzwanzig Pfund. Wir wurden enge Freunde, und ich ging mit ihm morgens um halb sechs noch vor der Arbeit spazieren. Montoose liebte die Spaziergänge und weckte mich jeden Morgen zuverlässig wie ein Wecker um Viertel nach fünf.

Eines Morgens kam Montoose schon um Viertel nach vier an, eine Stunde zu früh. Wie immer hatte er seine Leine im Maul.

»Nein, Montoose, geh weg. Laß mich schlafen. Ich muß erst in einer Stunde aufstehen«, flehte ich ihn an. Aber Montoose ließ nicht locker. Er legte seine Pfoten auf mein Bett und kratzte winselnd und jaulend an den Decken. Schließlich gab ich mich geschlagen. Ich wälzte mich aus dem Bett, zog Jeans und Schuhe an und griff nach meinem Mantel. Wenn Montoose um halb fünf morgens spazierengehen wollte, wie konnte ich da nein sagen?

Sobald wir auf der Straße waren, fing Montoose an, sich sehr merkwürdig zu verhalten. Er zerrte an der Leine und schleppte mich in eine Richtung, die wir nie gegangen waren, und ich folgte ihm. Als wir in der Nähe einer Baptistenkirche in meiner Gegend waren, fing Montoose an zu bellen und hörte nicht mehr auf. Bellend und jaulend zog er mich zu der Kirche.

Plötzlich roch ich Rauch. Ich blickte hinauf und sah hinter den hohen Fenstern Flammen flackern. Die Baptistenkirche brannte!

Ich lief zum nächsten Feuermelder, der jedoch mutwillig zerstört worden war. Also rannten Montoose und ich so schnell wie möglich nach Hause, und ich rief die Feuerwehr an. Die Löschfahrzeuge kamen rechtzeitig genug, um den größten Teil der Kirche zu retten.

Am nächsten Tag erhielt ich einen Anruf von der Feuerwehr und wurde gefragt, wie ich vom Brand in der Kirche erfahren hätte. In und um Far Rockaway hatte es in letzter Zeit Anschläge auf Kirchen und Synagogen gegeben, und die Polizei suchte die Brandstifter. Ich erzählte, daß mich Montoose eine Stunde früher als gewöhnlich aus dem Bett gezerrt hatte. Der Feuerwehrmann sagte, daß diese eine Stunde ausschlaggebend gewesen sei, sonst wäre die Kirche bis auf die Grundmauern niedergebrannt. Montoose sei ein Held, ein wahrer Held. Natürlich stimmte ich zu.

Ich fragte mich jedoch, wie Montoose wissen konnte, daß es brannte. Welche Art von Magie hatte er benutzt, oder besaß er einen sechsten Sinn? Diese Fragen behielt ich allerdings für mich, da mir Montoose keine Antwort geben konnte.

Weil ich einen langen Arbeitstag hatte und Montoose nicht gern allein in der Wohnung ließ, brachte ich ihn zum »Babysitting« ins Delikatessengeschäft meines Bruders José.

Eines Tages, Montoose war etwas älter als zwei Jahre, saß er vor Josés Geschäft angebunden neben der Tür auf dem Bürgersteig. Es war Winter, und die Gassen und Straßen waren vereist. Ein Lastwagen der Long Island Lighting Company fuhr zu schnell in die Kurve, schlitterte über eine Eisplatte auf den Bürgersteig, überrollte Montoose und tötete ihn auf der Stelle. Ich war am Boden zerstört. Nachdem Montoose gestorben war, wollte ich keinen Hund mehr haben. Sein Tier zu begraben ist einfach zu schrecklich. Es war besser, sich auf keine enge Beziehung einzulassen, als noch einmal den Verlust eines Freundes wie Montoose erleiden zu müssen.

Meine persönlichen Erfahrungen mit Haustieren waren also ziemlich beschränkt und nicht sehr glücklich verlaufen. Husky war erschossen, Montoose war überfahren worden. Ich wußte nur, daß mir an Katzen nicht sehr viel lag und daß ich am meisten große, reinrassige Hunde mochte, so wie Husky.

Nachdem ich 1972 aus dem Militärdienst entlassen worden war, fand ich Arbeit als Heizungsinstallateur auf dem Bau. Achtzehn Jahre lang hatte ich Jobs beim Bau, arbeitete für die Stadt New York an der Renovierung von Ellis Island und für Privatfirmen am World Trade Center, im Columbia-Presbyterian Hospital und für andere städtebauliche Wahrzeichen.

Mir gefiel diese Tätigkeit. Für mich war es eine wichtige Aufgabe, an der Errichtung bedeutender Gebäude New Yorks mitzuwirken. Die Arbeit war hart und kräftezehrend, aber auch das gefiel mir, weil ich jung und stark und den Anforderungen gewachsen war. Und die Bezahlung war gut.

Einmal arbeitete ich in einem Gebäude in der Innenstadt von Manhattan. Meine Männer installierten ein Sprinklersystem, und zwar nachts, weil das Bürogebäude tagsüber genutzt wurde. Ich war der Chef des Bautrupps. Unser Material holten wir von der Laderampe, und dort saßen wir auch manchmal, während wir zu Abend aßen. Dabei fiel mir eine Ratte auf, die immer rein- und raushuschte. Eines Nachts nahm ich eine Taschenlampe und fand tatsächlich die Ratte in der hintersten Ecke des Lagers. Es war eine Sie mit einem Nest voller Babys. Ich brachte ihr Käse, weil ich wußte, daß Nagetiere Käse lieben. Und sie war keine Ausnahme. Aber wie alle Ratten fraß sie alles. Jede Nacht bekam sie von mir einen Teil meines Abendessens. Dabei ging ich allerdings nicht zu nahe zu ihr hin und versuchte auch nicht, sie zu berühren. Ich legte nur das Futter auf den Boden und entfernte mich wieder. Jede Nacht war das Essen bis auf den letzten Krümel verschwunden.

Eines Nachts wollte ich die Ratte füttern, kam aber nicht zu ihrem Versteck durch. Das Nest wurde von einem Müllhaufen blockiert, hinter dem die Ratte mit ihren Jungen in der Falle saß.

»Los, faßt mit an!« sagte ich zu meinem Trupp. »Wir müssen den Müll wegräumen.«

»Wozu?« wollten sie wissen. »Der Haufen liegt doch gut da.«

31

»Weil dahinter eine Ratte mit ihren Jungen gefangen ist.«

Ich dachte, die Männer würden explodieren. »Bist du verrückt geworden?« schrien sie mich an. »Wir sollen eine Tonne Müll wegen einer *Ratte* wegschaffen?«

»Bald ist doch Muttertag«, sagte ich scherzend, was allerdings nicht zog.

»Es ist doch nur eine Ratte«, murrten sie, aber für mich war es mehr. Sie war ein Lebewesen, das Hilfe brauchte.

Da ich der Chef des Trupps war, mußten die Männer trotz ihres Protests den Müll entfernen, so daß ich wieder meine Ratte füttern konnte. Ich wollte sie nicht zähmen wie ein Haustier, ich wollte ihr nur helfen.

Ich habe immer großen Respekt vor dem Leben gehabt, auch als ich noch jung und gedankenlos war. Sogar Tauben habe ich gefüttert, die in New York so zahlreich sind, daß man sie Ratten mit Flügeln nennt. Während der Bauarbeiten am Columbia-Presbyterian Hospital habe ich den Tauben immer Brot gegeben. Sechs Monate lang habe ich sie gefüttert, aber sie kamen nie nahe heran oder fraßen mir aus der Hand. Es waren Straßentauben, mißtrauisch allem und jedem gegenüber.

Auf Ellis Island habe ich auch Vögel gefüttert. Einer der Männer in meinem Trupp hatte eine kleine Taube, die er in die Luft warf, damit sie fliegen lernte. Aber die Taube war noch zu jung zum Fliegen und fiel ins Wasser.

»Du kannst sie nicht da drin lassen. Sie wird ertrinken«, sagte ich zu ihm. »Geh ins Wasser, und hol sie raus.«

»Ich mache mir wegen einer Taube doch nicht die Füße naß«, knurrte er. Die Taube schlug verzweifelt mit den Flügeln, um nicht unterzugehen.

»Na gut, dann hol ich sie.« Ich zog meine Schuhe aus. Das beschämte den Mann. Er watete ins Wasser und brachte das Tier in Sicherheit. Ich habe es immer gehaßt, wenn einem Lebewesen weh getan wird, vor allem von einem Menschen, der es besser wissen sollte.

DER UNFALL

Vor ein paar Jahren, als ich am UPS-Gebäude arbeitete, passierte der schreckliche Unfall, der mich beinahe den rechten Arm gekostet hätte.

Ich räumte Werkzeuge weg und ging an dem großen Werkzeugkasten vorbei, als die 300 mich erwischte. Die 300 ist eine große Maschine, die Rohre schneidet und Gewinde fräst. Das etwa sechs Meter lange Rohr rotierte, verfing sich in meinem Monteuranzug und zerrte mich zu der Maschine.

Ich versuchte mich mit der rechten Hand zu befreien, aber zu meinem Pech war der Monteuranzug neu und steif. Diese Anzüge sind aus einem schweren Gewebe – wie Segeltuch – gemacht, werden beim Waschen weicher und können dann auch zerreißen. Ein neuer Anzug jedoch gibt nicht nach. Anstatt mich also zu befreien, zerrte das rotierende Rohr meine rechte

Hand und meinen Arm in das Gewinde. Danach kann ich mich an nichts mehr erinnern, da ich mit dem Kopf auf dem Boden aufschlug und das Bewußtsein verlor. Meine Kollegen erzählten mir später, daß ich von dem rotierenden Rohr fünfmal herumgeschleudert wurde, während die Maschine meinen rechten Arm zermalmte.

Der Maschinist erstarrte, als er sah, was passierte. Er war nicht fähig zu reagieren. Ein anderer Arbeiter stürzte zur Maschine und zog den Stecker heraus, aber da war es für meinen Arm schon zu spät.

Ich wurde auf dem schnellsten Weg in die Unfallstation des St. Clare's Hospital gebracht und einer Notoperation unterzogen. Als ich aus der Narkose erwachte, lag ich auf der Intensivstation. Ein Arzt sagte kopfschüttelnd: »Wir müssen Ihren Arm abnehmen. Er ist völlig zerquetscht. Wir können ihn nicht retten.«

Davon wollte ich nichts hören. Ich durfte meinen rechten Arm einfach nicht verlieren. Mit nur einem Arm zu leben war für mich unvorstellbar. Ich entgegnete: »Nein! Keine Amputation. Legen Sie den Arm in Gips.«

Die Ärzte zogen einen Spezialisten hinzu, der versuchen wollte, meinen Arm zu retten. Zunächst wurde meine Gehirnerschütterung behandelt, zwei Tage später wurde mir ein Edelstahlimplantat eingesetzt, und mit Hilfe der Mikrochirurgie wurden so viele Nerven wie möglich wieder angenäht. Nach der Operation sagten mir die Ärzte, daß es keine Garantie für den

Erhalt des Arms gebe. Sollte mein Körper das Implantat abstoßen und die Mikrochirurgie nicht greifen, müßte ich mich auf eine Amputation gefaßt machen.

Ich war elf Tage im Krankenhaus, wollte aber nicht, daß mich jemand besuchte, vor allem meine Familie nicht. Meine Schwestern, mein Bruder José und mein Vater, der damals noch lebte, hatten mich immer als starken, gesunden Menschen gekannt, und ich wollte nicht, daß sie mich so hilflos und an Schläuche angeschlossen daliegen sahen. Ich wollte soviel wie möglich allein sein, und als mich meine Kollegen im Krankenhaus besuchten, schickte ich sie bald wieder fort.

Am zwölften Tag wurde ich als voll arbeitsunfähig entlassen. Meinen rechten Arm und meine rechte Hand konnte ich nur sehr eingeschränkt benutzen, und das als Rechtshänder. Außerdem hatte ich schwere Kopfverletzungen erlitten, als mich die rotierende Maschine fünfmal auf den Boden schleuderte. Ich mußte viele Medikamente nehmen und konnte kaum gehen. Trotz der Tabletten hatte ich fast die ganze Zeit starke Kopfschmerzen. Alles in allem war ich nur noch ein Schatten des Philip Gonzalez, der so tatkräftig und vital gewesen war. Für mich schien das Leben vorbei zu sein.

Ich war knapp einen Monat zu Hause, als ich eine schwere Depression bekam. Ich war einsam, und ich war wütend auf mich. Ich hatte alles gehabt – einen guten Job, viel Geld und ein aktives Leben –, und jetzt war alles wegen eines schrecklichen Augenblicks vorbei.

Früher bin ich gern gereist; ich habe Urlaub in Los Angeles, San Francisco, Chicago, St. Augustine, Orlando Beach, Daytona Beach, Miami, Jamaika, Kanada, Mexiko, New Mexico und sogar in Buffalo, New York, gemacht. Wenn ich irgendwohin wollte, kaufte ich mir ein Ticket und machte mich auf den Weg. Kam es mir in den Sinn, mir neue Sachen zum Anziehen zu kaufen – ich liebe neue Hemden und Schuhe von Bally –, überlegte ich nicht lange. Ich kaufte einfach, was mir gefiel, sogar Goldschmuck – Ringe, eine antike Uhrenkette, goldene Halsketten. Ich hatte alles, was man sich wünschen kann, auch eine Menge Freunde, ein gutes gesellschaftliches Leben, Freundinnen, Partys. Ich war aus Far Rockaway weg in eine Zweizimmereigentumswohnung in der Nähe des Strands gezogen. Trotz meiner Umtriebigkeit habe ich auch gern gelesen und fand immer Zeit für Bücher. Ich war nie einsam, und ich war nie deprimiert.

Mein ganzes Leben lang war ich physisch aktiv gewesen. Ich liebte Sport und spielte auch als Erwachsener noch Paddleball, Handball, Racketball und schwamm gern. Seit meinem neunten Lebensjahr trainierte ich asiatische Kampfsportarten. Ich fuhr täglich zwanzig Meilen mit dem Fahrrad. Ich habe harte Arbeit und harte Spiele genossen und strengte mich gern geistig und körperlich an.

Ich habe auch Militaria gesammelt, vor allem Objekte aus der Zeit Napoleons (in der Army nannten mich die Jungs »Napoleon«, weil ich kleiner als die meisten war), und ich war auf meine Sammlung, die ich immer noch besitze, stolz.

Jetzt war ich mit der bitteren Wahrheit konfrontiert: Ich konnte nicht mehr verreisen, nichts mehr kaufen, meine Sammlung nicht vergrößern oder wie früher freie Entscheidungen treffen. Auf keinen Fall würde ich je wieder schwimmen, radfahren oder Ball spielen können. Mein neues Handikap und der Geldmangel schränkten mich in jeder Hinsicht ein. Abgesehen von einer kleinen Invalidenrente, hatte ich kein Einkommen.

Mein gesellschaftliches Leben hatte sich in der City abgespielt; und wie meine Freunde – die sich nicht als Freunde in der Not erwiesen – hatte ich in der City gearbeitet. Jetzt, da die guten Zeiten vorbei waren, verloren sie jedes Interesse an mir. Ich konnte ihnen das nicht verübeln. Sie waren jung, lebten ihr eigenes, aktives Leben und hatten einfach keine Zeit, an mich zu denken, der ich physisch und finanziell nicht mehr mithalten konnte.

Aber am schlimmsten war, daß ich keine Arbeit hatte. Ich war immer so stolz auf meine Arbeit gewesen.

»Ich habe mitgeholfen, bedeutende Gebäude zu errichten, die in hundert Jahren noch stehen«, haderte ich vor mich hin. »Was soll ich denn jetzt machen?«

»Du könntest einen Schreibtischjob annehmen«, schlug mir ein Bekannter vor. »Eine Tätigkeit in einem Büro.«

Aber ein Schreibtischjob war nichts für mich. Was sollte ich in einem Büro? Ich war nicht für eine sitzende Tätigkeit geeignet. Ich mußte aktiv sein, mit meinen Händen und Muskeln arbeiten. Ich mußte im

Freien sein. Jetzt gab es nichts mehr, was mich aus dem Haus lockte. Es gab keinen Grund mehr, morgens aufzustehen; es gab keine Aufgaben zu erfüllen und kein befriedigendes Gefühl nach getaner Arbeit, wenn abends alle Muskeln weh taten. Das Leben um mich herum ging weiter; meine alten Freunde hatten Arbeit und waren nützlich. Ich dagegen kam mir völlig nutzlos vor.

Ich fuhr nicht mehr nach Manhattan und ging auch sonst nirgendwo mehr hin. Wie viele deprimierte Menschen wollte ich das Haus nicht verlassen. Ich saß Tag und Nacht in meiner Wohnung und bemitleidete mich selbst. Nichts interessierte mich, und ich mochte nicht über meine Zukunft nachdenken, weil ich mich nur untätig auf meinem Hintern rumsitzen sah.

Am Anfang besuchte mich meine Familie oft. Aber ich wandte mich, beschämt und verbittert über meine Hilflosigkeit, von ihr ab.

»Brauchst du etwas? Können wir etwas für dich tun?« pflegten meine Schwestern und José zu fragen.

»Nein, nichts. Ich brauche nichts.« Ich benötigte eine Menge, war aber zu stolz und zu gedemütigt, um darum zu bitten. Geht einfach weg, sagte ich stumm zu ihnen. Geht weg, und laßt mich in Ruhe. Ich glaube, meine Leute haben diese Einstellung gespürt, weil mich schließlich kein Familienmitglied mehr besuchte. Außerdem war ich Junggeselle, und meine Geschwister hatten genug mit ihren eigenen Familien zu tun. Meine Schwestern und mein Bruder hatten insgesamt achtzehn Kinder.

Ohne die Besuche meiner Familie hatte ich praktisch keinen Kontakt mehr zu anderen Menschen. Das Leben, wie ich es gekannt und genossen hatte, war zu Ende. Meine Zukunft sah leer, schwarz und düster aus, so schwarz und düster wie mein Gemütszustand.

ZWEI

GINNY FINDET
EIN ZUHAUSE

Zusätzlich zu meinen ständigen Schmerzen, meiner katastrophalen finanziellen Lage und meiner Depression mußte ich noch immer mit der schrecklichen Möglichkeit rechnen, meinen Arm schließlich doch zu verlieren. So wie ich damals meine Zukunft sah, war der beste Teil meines Lebens endgültig vorbei. Und ich war erst vierzig.

Die meisten meiner Freunde waren verschwunden, zu beschäftigt mit ihrem eigenen aktiven Leben. Aber ich hatte noch eine wahre Freundin, die zu mir hielt, Sheilah Harris. Sie wohnt auf der anderen Seite des Innenhofs im selben Apartmentkomplex. Sheilah machte sich wirklich Sorgen um mich. Sie beobachtete, wie ich vor die Hunde ging, kein Interesse mehr am Leben und nicht mal mehr den Ehrgeiz hatte, aus meinem Sessel aufzustehen und wieder in Gang zu kommen. Da es mir zu mühsam war, mich mit der linken Hand zu rasieren, ließ ich es bleiben. Und es war auch mühsam, die Kleider zu wechseln, also saß ich in meinen zerknitterten und schmutzigen Hemden herum. Ich, Philip Gonzalez, der so stolz auf sein gepflegtes Äußeres gewesen war, teure und ordentlich gebügelte Kleidung und auf Hochglanz polierte Schuhe getragen hatte, war völlig verwahrlost.

»Du solltest dich schämen!« schalt Sheilah eines Tages, knapp einen Monat nachdem ich aus dem Krankenhaus entlassen worden war. »Schau dich doch mal an! Du mußt was für dich tun. So kannst du nicht weitermachen. Erheb dich aus deinem Sessel. Wir besorgen dir einen Hund. Jetzt sofort!«

»Einen Hund?« Wovon redete sie? Ich traute meinen Ohren nicht. Ein neues Haustier, nach dem, was mit Husky und Montoose passiert war? Mich wieder mit einem Hund einlassen und mir das Herz brechen lassen? Auf gar keinen Fall! Außerdem war das letzte, was ich jetzt brauchen konnte, die Verantwortung für ein Lebewesen, für einen Hund, den ich füttern und ausführen und um den ich mich kümmern mußte.

Doch Sheilah wußte, daß ich genau das brauchte, eine neue Verantwortung. An jemand anderen zu denken – auch wenn es nur ein Tier war – würde mich von meinem Elend ablenken. Sheilah blieb beharrlich und ließ sich von meiner negativen Einstellung nicht irritieren, denn sie begriff, daß ich wegen meines Selbstmitleids nicht folgerichtig denken konnte.

»Mit einem Hund hast du immer Gesellschaft. Er wird dir ein treuer Freund sein. Außerdem kommst du mit einem Hund aus dem Haus, weil du ihn ausführen mußt. Wann hast du zum letztenmal deine Nase aus der Wohnung gesteckt?«

»Keine Ahnung. Vielleicht vor einer Woche«, murmelte ich, obwohl ich wußte, daß es länger her war.

»Ein Hund muß mindestens dreimal am Tag raus, also *mußt* du dich aus deinem Sessel erheben, ob es dir gefällt oder nicht. Und das wird dir guttun.«

Beachten Sie, daß Sheilah, als sie von Gesellschaft für mich sprach, einen Hund meinte und keine Katze. Sheilah machte sich überhaupt nichts aus Katzen; tatsächlich würde sie Ihnen erzählen, daß sie damals Katzen haßte, so sehr haßte, daß sie sich weigerte, einen Raum zu betreten, in dem sich eine Katze aufhielt. Obwohl ich Hunde mochte, widerstrebte mir, nein, um ehrlich zu sein, ängstigte mich jede Form der Anstrengung. Also brummte ich weiter Ausreden vor mich hin.

»Wie kann ich mich mit nur einem Arm um einen Hund kümmern?« So dachte ich damals und gab mich geschlagen, ehe ich überhaupt einen Versuch wagte.

»Ich lasse ein Nein als Entgegnung nicht gelten«, sagte Sheilah. »Du mußt dir ja nicht gleich einen Hund zulegen. Fahr einfach mal mit mir zum Tierheim, und schau sie dir wenigstens an. Du machst dich jetzt fertig, und ich hole dich in einer halben Stunde ab. Auch wenn du keinen Hund findest, der dir gefällt, bist du wenigstens mal rausgekommen. Und das ist schon etwas. Und *rasier* dich!«

Ich wusch mich so gut es ging, bürstete mein Haar und schaffte es sogar, mich mit der linken Hand – wenn auch unregelmäßig – zu rasieren. Ich mußte einräumen, daß ich mich etwas besser fühlte, wieder meinem früheren Ich zu ähneln. Während der kurzen Fahrt zum Tierheim in Sheilahs Chevy Nova dachte ich über die Probleme nach, die die Hundehaltung mit sich brachte. Ich hatte noch immer Bedenken. Wie sollte ich mit nur einer Hand einem Hund die Leine anlegen, und wie sollte ich ihn bei einem Spaziergang unter Kontrolle halten, und wie sollte ich seine Haufen wegräumen? Sheilah versprach mir zu helfen, aber ich wußte, daß ich die Hauptverantwortung für einen Hund tragen mußte.

Trotz all dieser Zweifel gewöhnte ich mich irgendwie an den Gedanken. Aber ich dachte nur an einen großen Hund, einen Deutschen Schäferhund, einen Rottweiler oder vielleicht einen Dobermann, auf jeden Fall einen Rassehund mit prächtigem Aussehen, um den die Leute mich beneiden würden. Und es mußte ein Rüde sein. Große, zähe, maskuline Hunde können gute Haustiere sein, bieten aber auch jemandem, der allein lebt und noch dazu behindert ist, Schutz. Da war wieder diese negative Denkungsweise – *behindert*. Ja, so sah ich mich, als einen Menschen, der ein Recht auf Mitleid hatte und es forderte.

Als wir gegen halb elf im Tierheim ankamen, begrüßte uns der diensthabende Wärter freundlich. Er hieß Kenny Colon, war ein großer Latino, ungefähr achtundzwanzig oder neunundzwanzig Jahre alt und trug ein gelbbraunes Arbeitshemd und braune Hosen. Mit einem Blick erfaßte er, daß mein Arm, den ich in einer

44

Schlinge trug, ziemlich kaputt war, und machte mir sofort den Vorschlag, eine Katze, eine pflegeleichte Katze zu nehmen.

»Eine Katze ist ein nettes, umgängliches Haustier«, sagte Kenny diplomatisch. Es lag auf der Hand, daß er meine Gefühle nicht verletzen wollte, indem er offen erklärte, daß ich nicht fähig sei, mich um einen Hund zu kümmern. »Katzen halten sich selbst sauber, und Sie müssen sie nicht bei Wind und Wetter ausführen. Wir haben eine Menge Katzen jeden Alters hier, die nur darauf warten, ein neues Heim zu bekommen.«

»Katzen geben mir nichts«, erwiderte ich wahrheitsgemäß, nicht ahnend, wie sehr mich diese Worte eines Tages Lügen strafen würden.

Ich bat Kenny, mir einen großen Hund zu zeigen. Er zuckte mit den Schultern und führte mich in ein Hinterzimmer voller Tierkäfige, in denen Hunde und Katzen darauf warteten, mitgenommen zu werden. Es waren vielleicht zwölf oder dreizehn Hunde da. Ich ging von einem Käfig zum anderen, betrachtete die Hunde, aber keiner gefiel mir. Kenny sah mich fragend an, doch ich schüttelte nur den Kopf.

»Von denen gefällt mir keiner. Tut mir leid. Haben Sie noch andere Hunde?«

»Nur noch zwei. Kommen Sie mit.«

Er führte mich in einen kleineren Raum und zeigte mir einen Käfig, den sich ein Dobermann mit einem kleinen Hund teilte, der mit dem Gesicht zur Wand hinten in der Ecke lag. Ich konnte den kleinen Hund nicht gut sehen, hielt ihn jedoch für einen ungefähr vier Monate alten Deutschen Schäferhund. Prima, dachte ich, ich kann den Welpen großziehen. Obwohl das mehr Arbeit bedeutete, gefiel mir der Gedanke, einen Hund zu haben, der nie jemandem außer mir gehört hatte, der nur mich lieben würde.

Kenny erzählte mir, daß die Dobermannhündin erst kürzlich Junge bekommen habe und sterilisiert worden sei. Und der kleine Hund im Käfig sei kein Welpe, sondern auch eine junge Mutter, ein ungefähr einjähriger Mischling und ebenfalls sterilisiert. Die beiden Hündinnen teilten sich einen Käfig, weil sie sich von der gleichen Operation erholten. Sie seien vor drei Tagen operiert und die Fäden noch nicht gezogen worden.

Der kleine Hund war also kein Welpe, sondern voll ausgewachsen, eine Hündin und nicht einmal eine Deutsche Schäferhündin, nur ein Mischling. Nachdem ich das erfahren hatte, verlor ich jedes Interesse an ihr. Sie war alles andere als ein Macho-Rassehund, für den ich mich schon entschieden hatte.

»Nein, vergessen Sie's«, sagte ich. »Die will ich nicht haben. Wann könnte ich den Dobermann abholen?« Obwohl der Dobermann auch ein Weibchen war, sah sie doch prächtig aus und war groß genug für meinen Geschmack.

Noch während ich mich mit Kenny über den Dobermann unterhielt, rappelte sich die kleine Hündin auf und humpelte zur Vorderseite des Käfigs. Obwohl ihr das Gehen schwerfiel, näherte sie sich mir mutig. Sie sah sehr merkwürdig aus und war wahrscheinlich eine verrückte Kreuzung aus einem Sibirian Husky und einem Schnauzer. Noch nie hatte ich so einen Hund gesehen. Aber sie hatte ein hübsches Gesicht – glänzende Augen, weiße Brauen und Schnurrhaare und ein intelligenter, neugierig amüsierter Ausdruck darin. Ihr Körper allerdings war lang und mager, und die dünnen, krummen Beine paßten nicht zu ihrem breitschultrigen Vorderteil.

Um die Taille – sofern man bei einem Hund von Taille sprechen kann – trug sie eine elastische Binde, damit die Operationsnaht nicht aufplatzte. Sie war keineswegs ein reinrassiges Exemplar, aber freundlich und anscheinend auch couragiert, weil ihr das Gehen offensichtlich weh tat, sie sich aber von den Schmerzen nicht aufhalten ließ.

»Das ist seltsam«, sagte Kenny. »Bisher hat sie sich kaum bewegt, weil die Wunde noch schmerzt. Jetzt ist sie zum erstenmal aufgestanden.«

Also hatten wir etwas gemeinsam, die kleine Hündin und ich. Wir hatten beide gerade eine schwere Operation überstanden und waren noch wacklig auf den Beinen. Sie hatte Nähte am Bauch, ich hatte Klammern im Arm.

Ich steckte die Finger meiner linken Hand durch die Gitterstäbe, und sofort leckte sie sie. Als Kenny das sah, versuchte er mich zu überreden, ihr ein Zuhause zu geben.

»Machen Sie mit ihr doch einen kleinen Spaziergang, so eine Art Probefahrt«, schlug Kenny vor. »Einmal um den Block.«

»Nein, das hat keinen Sinn. Ich bin nicht an ihr interessiert. Ich möchte die andere Hündin, den Dobermann.«

»Sie ist eine gute Hündin. Bestimmt wären Sie mit ihr sehr glücklich.«

»Ich will sie nicht.« Ich schüttelte eigensinnig den Kopf.

»Gehen Sie mit ihr doch wenigstens eine Runde um den Block. Nur ein kurzer Spaziergang.« Das mußte man Kenny lassen, er war beharrlich. Diese kleine Hündin schien sein Angebot des Tages zu sein, so wie er versuchte, sie an mich loszuwerden.

»Na mach schon, geh mit ihr um den Block«, mischte sich Sheilah ein. »Das bringt dich doch nicht um.«

Na prima, dachte ich, jetzt verbünden sich die beiden auch noch gegen mich. Ich sah verdrießlich durch die Gitterstäbe des Käfigs. Eine magere kleine Hündin. Was wäre *die* im Notfall für ein Schutz? Aber ich wußte, daß weder Sheilah noch Kenny lockerlassen würde, bis ich die Hündin spazierenführte. Also gab ich halbherzig nach. Ich hatte beschlossen, nur ein ganz kleines Stück zu gehen, und das wär's dann.

Es war ein strahlender, klarer, sonniger Märztag, einer von diesen Tagen, die einen daran glauben ließen, daß der Winter endlich vorbei war und wieder ein Frühling nahte. Die Hündin humpelte neben mir an der Leine, bewegte sich langsam, bemühte sich jedoch offensichtlich, mit mir Schritt zu halten. Dazu bedurfte es allerdings keiner großen Anstrengung, denn auch ich hatte noch Mühe beim Gehen. Uns beiden tat alles weh –

was waren wir doch für ein Pärchen! Aber die Hündin freute sich anscheinend, aus dem Käfig raus und an der frischen Luft zu sein, und etwas von ihrer Freude übertrug sich auf mich. Die Brise fühlte sich auf meinem Gesicht gut an.

Wir waren etwa einen halben Block gegangen, als die Hündin abrupt stehenblieb. Ich hatte mich einfach nur so dahingeschleppt, ohne ihr viel Aufmerksamkeit zu schenken. Ich wollte diesen Spaziergang schnell hinter mich bringen und zur Dobermannhündin zurückkehren. Als die Hündin plötzlich innehielt, zerrte ich ungeduldig an der Leine, da ich glaubte, sie würde nur meine Zeit vergeuden, um einen interessanten Feuerwehrhydranten oder Telefonmasten zu beschnuppern.

Als ich jedoch zu ihr hinunterblickte, sah ich, daß sie nichts beschnüffelte. Sie saß einfach auf dem Bürgersteig und schaute zu mir hoch. Unsere Blicke begegneten sich, und da fühlte ich einen physischen Schock, so als wäre eine Verbindung zustande gekommen. Ein Funke sprang zwischen uns über, als wären wir durch elektrische Kabel verbunden. Ich konnte meinen Blick nicht von ihrem Gesicht nehmen; ich hätte schwören können, daß sie mich anlächelte.

Diese Hündin hat das anziehendste Gesicht, das ich je gesehen habe – strahlend und intelligent und neugierig und lieb zugleich. Und noch etwas anderes lag in ihrem Gesicht, etwas, wofür ich damals keine Worte hatte, das ich später jedoch als tiefe Weisheit, ungeheure Freundlichkeit und geistige Großzügigkeit erkannte. Sie war wirklich geistreich. Ihre Augen unter den flaumigen weißen Brauen konnten einen Eisblock zum Schmelzen bringen. Diese Augen waren mitfühlend, fröhlich und wissend. Ein Blick genügte. Du wirst mein Hund, dachte ich.

Ich kann dieses Phänomen nicht erklären und versuche es nicht einmal. Ich weiß nur, daß ich diesem lieben kleinen Gesicht von dem Moment an, als ich in die Augen der Hündin sah, verfallen war. Philip Gonzalez wird sie ganz sicher nicht in diesen Käfig zurückbringen. Bei mir wird sie ein neues Zuhause haben. Ich hatte sogar das seltsame Gefühl, daß wir uns schon vorher, in einer anderen Zeit und an einem anderen Ort, gekannt hatten.

»Du kommst mit mir nach Hause, Hund«, sagte ich laut. Und sie klopfte dreimal mit ihrem Schwanz auf den Bürgersteig – sehr bedächtig … eins … zwei … drei. Ich weiß nicht, ob sie meine Worte oder den Tonfall verstand oder ob ihr nur der Klang meiner Stimme gefiel, aber dieses Klopfen mit dem Schwanz war ein eindeutiges Zeichen der Zustimmung.

Ich brachte die kleine Mischlingshündin direkt ins Tierheim zurück und füllte das Übernahmeformular aus. Kenny grinste vor Freude von einem Ohr zum anderen. Und auch Sheilah, die die ganze Geschichte eigentlich in Gang gebracht hatte, war begeistert.

»Jetzt hast du eine Freundin, dich sich um dich kümmert«, sagte sie glücklich.

»Ich war mir sicher, daß Sie sie nehmen würden«, meinte Kenny. »Sie ist eine großartige kleine Hündin.« Und dann erzählte er mir das wenige, das er über sie wußte.

Niemand wird je erfahren, woher sie kam und wer ihre Eltern waren. Ursprünglich hatte sie einer Frau gehört, die kein Geld hatte und mit ihren drei Kindern von der Fürsorge lebte. Doch das Geld, das ihr der Staat zahlte, wurde für Drogen anstatt für die Miete ausgegeben. Schließlich mußte sie die Wohnung räumen, und als der Vermieter die scheinbar leeren Zimmer begutachtete, hörte er ein Geräusch, das aus einem Schrank kam. Er öffnete die Tür, und da war sie – eine kleine, struppige Hündin, die drei Welpen säugte.

Die Hündin war ausgezehrt, ausgetrocknet und am Verhungern. Die Frau hatte nicht nur ihre Miete nicht gezahlt, sondern auch ihre Hündin nicht gefüttert. Und als sie auszog, setzte sie die Hundemutter mit ihren Kleinen dem Hungertod aus.

Als die Helfer vom Tierheim kamen, um die Hunde zu holen, fletschte die Hündin knurrend die Zähne und ließ niemanden an ihre Jungen. Nur mit Hilfe einer Schlinge an einer langen Stange gelang es, sie aus dem Schrank zu zerren. Zusammen mit ihren Jungen wurde sie in ein in der Nähe gelegenes Tierheim gebracht und von einem Tierarzt behandelt. Als die Hündin wieder mit ihren Welpen vereint war, beruhigte sie sich, und nachdem sie gefressen und genügend getrunken hatte, zeigte sie, wie freundlich und dankbar sie war, denn sie leckte jedem, der sie streichelte und mit ihr redete, die Hand.

Obwohl die Hündin gut gefüttert wurde, blieb sie sehr mager; ihr kleiner Körper funktionierte zwar, konnte jedoch wegen der langen Hungerphase die Kalorien nicht wirksam verarbeiten. Deshalb blieb sie mager und struppig, was ihre Chancen, ein neues Zuhause zu finden, natürlich nicht verbesserte.

Trotzdem sahen Kenny und die anderen Helfer des Tierheims etwas in dieser ungewöhnlich ausschauenden Hündin – eine Art Charisma. Sie hielten ihr ausdrucksvolles Gesicht für unwiderstehlich; jeder, der ihr in die Augen sah, verliebte sich in sie. Die Helfer waren überzeugt, daß die Hündin, obwohl sie ein Mischling war, schließlich ein neues Zuhause finden würde. Deshalb wurde sie sterilisiert und mit einer Ohrmarke gekennzeichnet. Zwei ihrer Welpen fanden ziemlich bald Besitzer, und sie wurde von ihrem dritten Jungen getrennt, damit dieses entwöhnt werden konnte.

Man steckte sie zu einer Dobermannhündin, die erst kürzlich geworfen hatte, in den Käfig. Dort harrte sie ihres Schicksals, ohne zu ahnen, daß es eines der seltsamsten Schicksale sein würde, welches einem Hund widerfahren konnte. Und dort habe ich sie gefunden, und sie hat mich gefunden.

Nachdem Kenny die Geschichte zu Ende erzählt hatte, standen mir Tränen in den Augen, und Sheilah schniefte in ein Kleenex. Dieses Tier hatte schrecklich unter menschlicher Grausamkeit gelitten, hegte jedoch keinen Groll gegen die menschliche Rasse. Obwohl die Hündin von Menschen mißhandelt und vernachlässigt worden war, mochte sie sie noch immer. Sie hatte mir ihre Zuneigung gezeigt und schien Kenny zu lieben, der diese Liebe offensichtlich erwiderte. Mir kam es vor, als würde sie sich über alles und jeden freuen, und ihr aufgeregter, zappelnder Körper und ihr wedelnder Schwanz drückten aus, daß die Welt ein ziemlich wundervoller Ort war.

Dieser Meinung war ich seit meinem Unfall nicht mehr gewesen.

Ich spendete dem Tierheim zehn Dollar. Kenny gab mir eine Leine für die Hündin und bepackte mich mit Probedosen des Hundefutters, das der kleinen Hündin schmeckte und die Tierheime von Hundefutterherstellern kostenlos bekamen. Da ich meinen rechten Arm nicht benutzen konnte, befestigte er die Leine an ihrem Halsband, und wir waren zum Aufbruch bereit. Das ganze Unternehmen hatte nur eine Dreiviertelstunde gedauert. Nur fünfundvierzig Minuten, die aber mein Leben radikal verändern sollten. Wie hätte ich das ahnen können? Auf dem Weg nach draußen blieb meine Hündin an einem Käfig stehen, in dem ihr drittes Junges auf einen neuen Besitzer wartete. Sie gab ihm einen Abschiedskuß, indem sie den Welpen ein letztes Mal gründlich putzte. Die Hündin wußte, daß sie ihr Junges nie wiedersehen würde, denn sie leckte es von oben bis unten dreimal ab. Auch dieser Kleine fand bald ein neues Zuhause.

In Sheilahs Auto sprang die Hündin auf meinen Schoß und schmiegte sich an mich. Sie steckte die Schnauze unter dem Sicherheitsgurt durch und drückte sie unter mein Kinn. Während der ganzen Heimfahrt kuschelte sie sich an mich. Auf diese Weise zeigte mir die Hündin, daß sie jetzt mir gehörte.

Sheilah sammelt Ginny-Puppen, so etwas Ähnliches wie Barbie-Puppen, und deshalb nannte ich die kleine Hündin meiner Freundin zu Ehren Ginny. Ihr schien der Name zu gefallen, denn sie reagierte sofort darauf, indem sie mit dem Schwanz auf den Boden klopfte und mir das Gesicht ableckte. Als ich Ginny zum erstenmal die Treppe hinauf in meine Wohnung brachte, kam mir nicht in den Sinn, daß sich mein Leben durch diese Hündin völlig ändern und eine Richtung einschlagen würde, die ich mir in meinen wildesten Träumen nicht hätte ausmalen können.

Damals kam mir auch nicht der Gedanke, daß Ginnys ungewöhnliches Aussehen noch hundertfach von ihrem ungewöhnlichen Wesen übertroffen werden sollte, daß sie in der Tat eine Gabe besaß, die ihr nur der Himmel verliehen haben konnte.

Hunde sind bekannt für ihre Zuneigung, Loyalität, Freundschaft und sogar ihr Heldentum. Ginny besitzt alle diese Eigenschaften in vollem Maß, hat und ist aber darüber hinaus noch viel mehr – wie ich bald herausfinden sollte.

GINNY KOMMT HEIM

Als wir in meinem Zweizimmerapartment waren, lief Ginny umher und inspizierte ihr neues Zuhause. Ihr schien zu gefallen, was sie sah; zumindest beklagte sie sich nicht. Sie war noch total erledigt von der Aufregung, so kurz nach ihrer schweren Operation neue

Menschen kennengelernt und ein neues Heim bekommen zu haben. Also trank sie zunächst einmal ausgiebig Wasser aus der flachen Schüssel, die ich ihr hingestellt hatte, rollte sich dann auf dem Sofa ein und machte ein Nickerchen.

Eine Weile saß ich nur neben ihr, betrachtete sie im Schlaf und überlegte, wie ich mich mit nur einem brauchbaren Arm um sie kümmern konnte. Irgendwie war der Gedanke jetzt, da Ginny bei mir war, nicht mehr so beängstigend wie zuvor. Ehepaare, die Kinder haben wollen, machen sich Sorgen um das Wechseln schmutziger Windeln. Ehepaare, die Kinder haben, wechseln einfach schmutzige Windeln, ohne auch nur zu überlegen. Kleine Probleme lösen sich von selbst, wenn man jemanden liebt.

Während ich Ginny ansah, die so tief und vertrauensvoll in einer ihr fremden Umgebung schlief, kam mir der Gedanke, daß wir vieles gemeinsam hatten. Wir waren beide verwundbar, waren schwer verletzt worden und noch auf dem Weg der Genesung. Aber Ginny war vielleicht noch mehr Leid zugefügt worden als mir, denn meine Schmerzen waren auf eine Unachtsamkeit zurückzuführen, während sie, ein hilfloses Tier, auf bewußte und grausame Art gequält worden war. Trotzdem war keine Bitterkeit in ihrem Herzen; ihr Wesen war freundlich und offen. Ginny brachte den Menschen noch immer Liebe und Vertrauen entgegen, was sie durch ihre spontane Zuneigung zu mir deutlich bewies.

Darin steckte eine Botschaft, das spürte ich, auch wenn

ich noch nicht bereit war, mich damit zu befassen. Wer konnte in meinem gegenwärtigen Gemütszustand wissen, wie lange es dauern würde, bis Ginnys Lebensfreude auf mich abfärbte?

Mir wurde auch bewußt, daß ich erst zum zweitenmal in meinem Leben die volle Verantwortung für ein anderes Lebewesen übernommen hatte. Sylvia, die Katze, hatte allen Mitgliedern der Familie Gonzalez gehört; Husky hatte José, Peter und mir gehört; Sheba und Sophie waren die Katzen meiner Freundin gewesen, die ich nach unserer Trennung nicht lange behalten hatte. Nur Montoose war ausschließlich mein Tier gewesen, und der arme Kerl hatte nicht lange gelebt. Außerdem hatte ich mir Montoose eigentlich nicht ausgesucht, sondern er war mir sozusagen in die Hände gefallen.

Mit Ginny war es anders; sie gehörte ganz mir. Ich hatte sie ausgewählt (besser gesagt, sie hatte mich gewählt), und ihre Gesundheit, ihr Wohlbefinden und ihr Glück waren von mir abhängig.

Ginny schlief ungefähr eine Stunde. Als sie aufwachte, gab ich ihr von dem Futter, das ich mit nach Hause gebracht hatte. Ich dachte an unseren ersten gemeinsamen Spaziergang, und das machte mich ein bißchen ängstlich. Konnte ich ein lebhaftes junges Tier an der Leine unter Kontrolle halten? Aber ich erkannte, daß es Zeit für mich war, den Gebrauch meines linken Arms und meiner linken Hand zu üben. Sobald mein rechter Arm geheilt war, würde ich eine Bewegungstherapie bekommen, aber es hatte keinen Sinn, bis dahin mit zwei nutzlosen Armen herumzulaufen. Mich um Ginny zu kümmern würde mir also auch körperlich guttun und wäre eine Art Therapie. Ich würde mich daran gewöhnen müssen, wieder beide Hände zu benutzen.

Da die Leine noch immer an Ginnys Halsband war, beschloß ich, sofort einen Spaziergang mit ihr zu machen, damit wir uns beide an die neue Lebensweise gewöhnten. Obwohl ihr die Umgebung völlig fremd und voller aufregender neuer Gerüche und Dinge war, die es zu erforschen galt, hinkte Ginny langsam und glücklich neben mir her, ohne an der Leine zu zerren, so als wären wir alte Freunde, die Seite an Seite einen gemächlichen Spaziergang machen.

Die Luft war erfrischend, und die Sonne schien. Es war gut, wieder mal im Freien zu sein. Ich fühlte mich schon viel besser. Mit Ginny dahinzuschlendern kam mir bereits wie die natürlichste Sache der Welt vor. Es war, als wären wir beide aus Käfigen befreit worden.

DREI

GINNY FINDET
EINE KATZE

Ginny fühlte sich in meinem Apartment sofort wie zu Hause. Die kleine Hündin war weder schüchtern noch ängstlich, sondern sehr neugierig. Langsam und ein bißchen mühsam bewegte sie sich von dem einen Zimmer zum anderen und inspizierte alles mit Augen und Nase. Sie prüfte jedes Möbelstück, spähte hinter die Vorhänge und beschnüffelte jede Ecke, wobei sie mir ständig Blicke zuwarf, um sich zu vergewissern, daß ich noch da war, direkt hinter ihr.

Ich blieb in ihrer Nähe. Mir kam der Gedanke, daß sich Ginny in ihrer ersten Nacht in ihrem neuen Zuhause vielleicht einsam fühlen würde. Heute nacht würde sie zum erstenmal seit langer Zeit allein sein. Im Tierheim hatte sie ihre Jungen, und als diese entwöhnt waren, die Gesellschaft der Dobermannhündin gehabt. Jetzt hatte sie nur mich. Als es jedoch Zeit war, schlafen zu gehen, akzeptierte mich Ginny bereitwillig als Ersatz für ihre pelzigen Freunde. Von der ersten Nacht an schlief Ginny auf meinem Bett und folgte mir überallhin – sogar in die Dusche – wie ein Schatten. Sie hielt sich aber immer von meinem verletzten Arm fern, als wüßte sie, daß er noch schmerzte und empfindlich auf Berührungen reagierte.

Am nächsten Tag sah ich Blut an Ginnys Operationsnaht. Sheilah und ich brachten sie in Sheilahs Chevy zum Tierarzt. Es war derselbe Veterinär, der auch die Tiere im Tierheim behandelte und der Ginny ein paar Tage zuvor sterilisiert hatte.

Ich war nervös, weil ich dachte, Ginny würde sich an die Operation erinnern und Angst vor dem Arzt haben. Vielleicht würde sie das zu sehr aufregen. Meine Besorgnis war völlig unbegründet. Sie kam ins Wartezimmer, begrüßte jeden mit heftigem Schwanzwedeln und leckte jeden in Reichweite ihrer Zunge ab. Zum erstenmal sah ich, wie Fremde auf Ginny reagieren; sie liebt es, im Mittelpunkt zu stehen, und weckt wegen ihres freundlichen, zutraulichen Wesens sofort in den Menschen Sympathien. Das Blut an ihrem Verband bedeutete nichts Beunruhigendes, und sie bekam Antibiotika.

Am zweiten Tag machten Ginny und ich einen Spaziergang, als ich einen Mann mit zwei großen Hunden, einem Deutschen Schäferhund und einem Rottweiler-Mischling, direkt auf uns zukommen sah. Ich blieb wie erstarrt stehen, da ich dachte, sie würden auf mich losgehen. Ich ließ Ginnys Leine fallen, damit sie davonlaufen konnte. Aber anstatt mich anzugreifen, jagten die beiden Hunde Ginny. Später erfuhr ich, daß sie direkt nach Hause lief und daß ihr ein Nachbar die

Haustür öffnete, um sie ins Foyer zu lassen. Aber Ginny wollte nicht ins Haus. Sie blickte sich dauernd um und winselte.

»Sie sah aus, als hätte sie etwas vergessen. Und dann ist sie wie der Teufel davongerast«, erzählte mir mein Nachbar.

Ginny lief den ganzen Weg zu mir zurück. Auf halber Strecke trafen wir uns. Da ich sie noch keine zwei Tage hatte, war ich mir nicht sicher gewesen, ob sie überhaupt wußte, wo wir wohnten. Doch Ginny war viel klüger, als ich dachte; den Weg zu unserem Haus hatte sie sich längst eingeprägt. Ich glaube noch immer, daß sie zurückgekommen ist, um mich zu retten. Wie sich herausstellte, hatte Ginny überhaupt keine Angst vor großen Hunden.

Es dauerte eine Weile, bis Ginny völlig vergaß, wie grausam sie behandelt worden war, ehe sie ins Tierheim kam. Sheilah und ich brachten sie im März nach Hause, und da war sie ungefähr ein Jahr alt. Da ich am 1. April Geburtstag habe, legten wir für Ginny denselben Tag fest. Sheilah kaufte am 1. April einen Kuchen, und wir drei veranstalteten eine kleine Party, um Ginnys »ersten« Geburtstag zu feiern.

Sheilah schnitt Kuchenstücke für uns drei. Aber Ginny schlich zum Tisch, »stahl« ihr Stück, schlang es hinunter, duckte sich furchtsam und sah ängstlich zu uns hoch. Sheilah und mir wurde klar, daß sich das arme Tier wahrscheinlich Essensreste vom Tisch seiner früheren Besitzerin hatte stehlen müssen, um zu überleben. Ginnys demütige, furchtsame Haltung und die Angst in ihren Augen sagten uns, daß sie dafür hart bestraft worden war. Das war ein trauriger Anblick.

Fortan, das schwor ich, sollte Ginny nie etwas anderes als Zuneigung bekommen und einen vollen Bauch haben. Ich würde diese Ängste für immer aus ihrem Gedächtnis löschen.

Obwohl ich Ginny von Anfang an liebte, wuchs diese Liebe mit jedem neuen Tag. Sie war wundervoll, aber auch gewitzt wie der Teufel. Ihren großen strahlenden Augen entging nichts, und sie reagierte prompt auf meine Stimme und meine Gesten. Sie liebte mich, ihren »Vater«, und verehrte Sheilah, ihre »Mutter«. Ginny war auch ungewöhnlich sensibel, viel sensibler als andere Hunde, was zum Beispiel ihr Verhalten kleinen Kindern gegenüber zeigte.

Wie viele Hunde liebt Ginny Kinder und geht gut mit ihnen um. Beim Anblick eines Kindes legt sie sich auf den Boden und kriecht mit heftig wedelndem Schwanz näher. Für jeden, der die Hundesprache kennt, ist das Kriechen eine klare Demutsgebärde, die besagt, daß keine Gefahr droht. Damit drückt Ginny aus, daß sie ein »Underdog« und das kleine Kind in der dominierenden Position ist: Hab keine Angst vor mir. Im September machten Ginny und ich einen Spaziergang, und an der Haltestelle warteten noch ziemlich kleine Kinder auf den Bus. Es war der erste Schultag. Sobald Ginny die Kinder sah, duckte sie sich, bewegte sich kriechend vorwärts und wedelte mit dem Schwanz. Die aufgeregten Jungen und Mädchen scharten sich um sie.

»Wie heißt Ihr Hund, Mister?«

»Ginny, und er ist eine Sie. Bedrängt sie nicht zu sehr.«
Aber die Kinder hörten nicht auf mich. Alle streckten gleichzeitig die Hände aus, streichelten Ginny und schmeichelten: »Ginny, Ginny.«

Und Ginny liebte es, gestreichelt zu werden; sie konnte nicht genug davon kriegen. Wir warteten, bis der Bus kam, und sie wurde keinen Augenblick ungeduldig. Wie ein pelziger Schwamm sog sie die Liebkosungen auf. Als die Kinder in den gelben Bus stiegen, sah Ginny aus, als habe sie ihre besten Freunde verloren. Danach mußte ich jeden Tag mit Ginny zur Bushaltestelle gehen, wo sie sich bei den Kindern ihre Streicheleinheiten holte. Ich wußte nicht, wie ich ihr die Wochenenden und Schulferien erklären sollte. Sie sah immer so enttäuscht aus, wenn die Kinder nicht an der Haltestelle waren. Jetzt gehen sie schon im dritten Jahr in die Schule, halten aber noch immer nach Ginny Ausschau, rufen und streicheln sie.

»Ginny! Da ist unsere Freundin! Wie geht es dir, Ginny?« Und ihr Schwanz wedelt so heftig, daß sie fast vom Boden abhebt.

Ginny und ich gingen mehrmals täglich spazieren, drehten aber auch oft nachts unsere Runden. Als ich noch am Bau arbeitete, mußte ich jeden Morgen früh aufstehen – manchmal schon um vier Uhr –, um rechtzeitig auf der Baustelle zu sein, und alte Gewohnheiten sterben schwer. Ich genoß die Einsamkeit der frühen Morgenstunden. Um halb vier oder vier sind die Straßen dunkel und ruhig und in meiner Gegend friedlich. Manchmal, aber nicht oft, begegnen wir um diese Zeit anderen Leuten mit Hunden, doch immer waren streunende Katzen unterwegs, die sich in Gassen versteckten, Mülleimer nach Futter durchwühlten oder irgendwo Zuflucht vor dem schlechten Wetter suchten. Wildlebende Katzen sind Geschöpfe der Nacht.

Ich bemerkte bald, daß Ginny bei diesen Spaziergängen immer an ihrer Leine zerrte, wenn sie eine heimatlose Katze sah. Sie wollte sich der Katze nähern, doch ich hielt sie zurück, da ich ihre Absichten nicht kannte. Ich wußte aber, daß Hunde und Katzen angeblich Erzfeinde sind, und weil ich nicht in der Lage war, einem Hund nachzulaufen, der eine Katze durch finstere Seitengassen, über leere Grundstücke jagt und über Maschendrahtzäune springt, ließ ich sie nie von der Leine.

Eines Nachts jedoch, so gegen vier Uhr, zerrte Ginny winselnd an ihrer Leine, und ich ließ sie versehentlich fallen. Wie ein abgeschossener Pfeil flog Ginny förmlich auf ein leeres Grundstück und lief zu einer streunenden Katze. Als ich hinzukam, beschnupperten sich die beiden, und Ginny leckte und putzte das kleine, langhaarige, goldfarbene Kätzchen, das sich schnurrend an Ginny rieb. Das sah wirklich nicht nach einer Begegnung von zwei Erzfeinden aus. Die beiden benahmen sich wie alte Freunde, die Wiedersehen feiern. Trotzdem wollte ich kein Risiko eingehen, packte die Leine und ging mit Ginny nach Hause. Aber sie war ungewöhnlich unruhig, winselte und kratzte an der

Tür. Mir kam der Gedanke, daß sie dieses Kätzchen vielleicht füttern wollte. Da ich kein Katzenfutter hatte, öffnete ich eine von Ginnys Hundefutterdosen, und wir gingen zu dem leeren Grundstück zurück.

Als ich den Inhalt auf den Boden schüttete, kam die kleine gelbe Katze wie durch Zauberei aus den Schatten und fraß, als sei sie am Verhungern, was zweifellos zutraf. Nachdem sie alles verputzt hatte, lief sie aber nicht weg, sondern Ginny und die Katze spielten miteinander. Sie balgten sich und jagten sich gegenseitig quer über das Grundstück wie Kinder, die Fangen spielen. Und dann hüpfte die Katze Ginny doch tatsächlich auf den Rücken und machte einen Ritt quer übers Grundstück. Ginny bereitete dies offensichtlich Spaß.

Und mir auch. Es war eine der amüsantesten und rührendsten Szenen, die ich je gesehen hatte, wie mein Hund und diese heimatlose Katze sich miteinander amüsierten. Nachdem ich den beiden ungefähr eine halbe Stunde zugeschaut hatte, ging ich mit Ginny nach Hause. In der nächsten Nacht wachte ich um halb vier auf und machte mit Ginny unseren gewohnten Spaziergang. Wir trafen unsere heimatlose Freundin. Wieder beschnupperten sich die beiden und spielten miteinander. Als Ginny und ich nach Hause kamen, winselte sie so lange, bis ich eine Dose Hundefutter öffnete. Dann kehrten wir zu dem leeren Grundstück zurück und fütterten Ginnys neue Freundin.

Danach kaufte ich ein paar Dosen Katzenfutter und nahm immer etwas Futter mit auf die nächtlichen

Spaziergänge mit Ginny. Ich fütterte die streunende Katze jede Nacht, und bald war es nicht mehr eine Streunerin, sondern es wurden viele Streuner. Je mehr Katzen kamen, um so glücklicher war Ginny. Ich fügte Katzenfutter zu meiner wöchentlichen Einkaufsliste hinzu und kaufte eine Menge Aufreißdosen und Beutel mit knusprigem Trockenfutter. Es war erstaunlich, wie schnell alles dahinschwand, also kaufte ich immer größere Mengen, obwohl die Kosten ein riesiges Loch in mein knappes Budget rissen.

GINNY BEKOMMT IHRE ERSTE KATZE

Ginny und ich gingen oft ins Tierheim, um ihre früheren Freunde zu besuchen. Weil ich mit Ginny so glücklich war, fühlte ich mich dem Tierheim zu Dank verpflichtet. Mir kam häufig der Gedanke, daß ich das Heim übervorteilt hatte. Ich hatte bloß zehn Dollar gespendet und dafür ein Wesen bekommen, das nur aus Zuneigung bestand und mir ein gute Freundin und großartige Gefährtin war. Ginny war der Gelegenheitskauf des Jahrhunderts. Meines Erachtens schuldete ich dem Heim Dank – großen Dank.

Deshalb kaufte ich alle möglichen Sorten Hunde- und Katzenfutter, und bei jedem unserer Besuche feierten Ginnys alte Freunde in den Käfigen mit einem Festschmaus. Ginny und Kenny freuten sich immer, sich wiederzusehen, und meine kleine Hündin drehte ihre Runde und begrüßte alte Heimbewohner, die noch immer auf ein neues Zuhause warteten, und machte sich mit Neuzugängen bekannt.

Es erstaunte mich, daß sich Ginny vor allem für Katzen interessierte. Sie verbrachte viel mehr Zeit vor den Katzenkäfigen als bei den Hunden. Und wir fütterten noch immer streunende Katzen. Es verging keine Nacht, in der mich Ginny nicht zu diesem leeren Grundstück führte, um mit ihren Katzenfreunden zu spielen. Offensichtlich war sie die geborene Katzenliebhaberin.

Ungefähr einen Monat nachdem Ginny zu mir gekommen war, schlug Sheilah Harris vor, für Ginny einen Gefährten zu besorgen. »Bestimmt vermißt sie ihre Jungen. Fahren wir doch mit ihr ins Tierheim und suchen ihr einen Gefährten aus.« Natürlich dachte Sheilah, die Katzenhasserin, dabei an einen Hund.

Die Idee gefiel mir, also kletterten wir drei in den Chevy Nova und fuhren zum Tierheim, um für Ginny einen Freund zu holen. Aber ich verbrachte nicht viel Zeit bei den Hundekäfigen. Da Ginny Katzen so mochte, hatte ich schon beschlossen, ihr ein Kätzchen zu schenken. Nicht mir, wohlgemerkt, sondern ihr. Ginny war die Katzenliebhaberin, nicht ich.

Es war Frühling, und der Frühling ist Kätzchenzeit. Im Tierheim warteten ungefähr vierzig bis fünfzig niedliche kleine Kätzchen auf ein Zuhause. Die Käfige waren voller Kätzchen, die miauten, spielten, herumtollten, einander die Pfoten um die Ohren schlugen, durcheinanderrollten, die Käfigstangen hinaufkletterten, Nickerchen machten – alle waren so niedlich, und alle warteten auf ein gutes Zuhause.

Ginny lief eifrig von Katzenkäfig zu Katzenkäfig, bis sie ein sehr hübsches, ungefähr zehn Wochen altes Kätzchen – schneeweiß mit großen blauen Augen – entdeckte. Dieses Kätzchen war wunderschön, wie die Abbildungen auf Valentinskarten – flaumig und knuddelig. Es war offensichtlich, daß sich Ginny auf den ersten Blick für dieses entschieden hatte. Sie fing an zu winseln und versuchte sogar in den Käfig zu klettern. Ich öffnete die Käfigtür, nahm das Kätzchen heraus und gab es Ginny. Wie eine Katzenmutter fing sie sofort an, es zu putzen. Sie leckte es emsig und knabberte mit den Zähnen am Fell, genau wie eine Katzenmutter das tut. Der Kleinen gefiel das so sehr, daß sie laut schnurrte.

Ich nahm das weiße Kätzchen für Ginny und nannte es Madame. Als ich es zwei Tage später nach Hause holte, merkte ich, daß mit dem Tier etwas nicht stimmte. Sie war liebevoll und reagierte, wenn sie mich direkt ansah. Wenn ihre Augen jedoch geschlossen waren oder sie mir den Rücken zukehrte, schenkte sie weder mir noch meiner Stimme Beachtung. Rief ich ihren Namen, zuckten nicht einmal ihre Ohren. Vor allem aber war merkwürdig, daß sie nicht angelaufen kam, wenn ich in der Küche eine Dose Katzenfutter öffnete oder mit ihrem Futterschälchen klapperte, obwohl der elektrische Dosenöffner der beste Katzenrufer ist, der je erfunden wurde. Da kam mir ein Verdacht, und ich trat hinter sie und klatschte laut in die Hände.

Madame spitzte weder die Ohren, noch wandte sie den Kopf. Sie zuckte nicht einmal zusammen. Sie war stocktaub. Später fand ich heraus, daß es bei weißen Katzen mit blauen Augen ein Gen für Taubheit gibt, weswegen man oft weiße Katzen mit einem blauen und einem gelben oder grünen Auge sieht. So schützt die Natur die Tiere gegen Taubheit. Gewöhnlich tritt diese Taubheit bei Katern auf, doch in diesem Fall war ein weibliches Tier taub geboren worden.

Folgendes passiert: Das Hörvermögen einer Katze hängt von der Cochlea, dem schneckenförmigen Teil des Innenohrs, ab, das bei hörenden Katzen ein Sekret absondert, welches vom Cortischen Organ gebraucht wird. Das Cortische Organ nimmt Schallwellen auf und transmittiert diese ins Gehirn, wo sie in Töne verwandelt werden, doch dazu bedarf es dieses besonderen Sekrets. Bei weißen, blauäugigen Katzen wie Madame trocknet dieses Sekret bald nach der Geburt aus und wird nicht mehr abgesondert. Das Cortische Organ degeneriert, und Schallwellen können nicht mehr zum Gehirn transmittiert werden. Der gesamte Klangübermittlungsmechanismus ist zusammengebrochen, und der Schaden ist permanent und unheilbar.

Von all den Kätzchen in unserem örtlichen Tierheim hat Ginny ein behindertes Tier ausgewählt, um es zu hegen und zu pflegen. Damals konnte ich noch nicht ahnen, daß damit ein lebenslanges Verhaltensmuster begonnen hatte.

Es machte mir Spaß, Ginny zu beobachten, wie sie Madame großzog. Sie verhielt sich genau wie eine Katzenmutter. Sie schlief nicht mehr auf meinem Bett, sondern rollte sich um das Kätzchen, das sich an ihren Bauch schmiegte, laut schnurrte und mit den kleinen Pfoten pumpende Bewegungen machte. Ich gab den beiden eine Pappschachtel und legte einen alten Pullover hinein, damit sie es warm und kuschelig hatten. Ginny putzte Madame mehrmals am Tag mit der Zunge, knabberte sanft mit den Zähnen an ihrem Fell und paßte auf, wenn sie fraß. Sie ließ das Kätzchen nie aus den Augen.

Ich könnte schwören, daß Ginny wußte, daß Madame taub war. Sie näherte sich dem Kätzchen nie von hinten, sondern umkreiste es stets, bis Madame sie sehen konnte. Ginny bellte sie auch nie an, als wüßte sie, daß Madame ihr Bellen nicht hörte.

Besonders komisch war jedoch, wie Ginny Madame fortbewegte. Zuerst, als das Kätzchen noch sehr klein war, trug sie es in der Schnauze herum, genau wie eine Katzenmutter es tun würde. Sie packte Madame sanft mit den Zähnen im Nacken, und diese hing mit baumelnden Pfoten, zusammengekniffenen Augen und eingezogenem Schwänzchen herunter. Madame schien es zu gefallen, so herumgetragen zu werden, denn ihr lautes Schnurren war noch im nächsten Zimmer zu hören.

Nach ein paar Monaten war Madame jedoch so groß und schwer geworden, daß Ginny sie nicht mehr herumtragen konnte. Also schob sie die kleine Katze mit der Schnauze über den Boden wie die Scheibe beim Shuffleboard. Ginny schob Madame überallhin, und diese schloß die Augen und ließ sich schieben, als wäre es ein Spiel. Ginny behielt diese Gewohnheit bei, bis

Madame ausgewachsen war. Es war wirklich ein komischer Anblick, die kleine Katze vor der Schnauze der Hündin über den Boden rutschen zu sehen.

Im Alter von drei Monaten hatte Madame gelernt, ihre Taubheit zu kompensieren. Die Natur ist wundervoll, denn sie hat dieses Tier mit ganz besonderen Sinnen ausgestattet. Madames Sehkraft ist sogar für eine Katze sensationell, und sie besitzt einen derart hochentwickelten Geruchssinn, daß ich schwören könnte, sie riecht das Katzenfutter in der geschlossenen Dose.

Madame hat eine Vorliebe für Tender Vittles, die vakuumverpackt in einer Schachtel angeboten werden. Ich kaufe die Sorte nicht oft und gebe sie ihr nur gelegentlich als besonderen Leckerbissen, aber jedesmal, wenn ich eine Packung in meiner Einkaufstasche habe, sitzt Madame an der Wohnungstür und wartet auf mich. Nur an Tender-Vittles-Tagen erweist sie mir diese Ehre. Sie muß die Fähigkeit besitzen, das Futter vom Supermarkt aus durch die Schachtel hindurch zu riechen.

Mit der Zeit lernte Madame, mit ihrem Körper zu »hören«. Obwohl sie Stimmen nicht unterscheiden konnte, merkte sie am Vibrieren des Bodens, wenn sich ihr jemand näherte. Und vielleicht ist sie, weil sie in einer Welt tiefer Stille lebt, eine friedliche und überhaupt nicht aggressive, sanfte und zärtliche Katze, obwohl sie von der Veranlagung her kein ruhiges Wesen besaß. Als Kätzchen war sie allerdings eine Gefahr, nicht für die Menschen, aber für meine Wohnungseinrichtung.

Madame pflegte sich wie Tarzan durch die Luft zu schwingen, sprang von Vorhang zu Vorhang und zerriß sie mit ihren Krallen. Für Porzellan, Lampen und sogar meinen alten Videorecorder, auf den sie aus einer Höhe von zweieinhalb Metern sprang und ihn vom Tisch stieß, war sie der Ruin. Und sie liebte das Versteckspiel. Ihr raffiniertestes Versteck war die Unterseite des Sofas, wo sie mit den Krallen ein Loch in die Bespannung riß, hineinkletterte und unsichtbar wie in einer Hängematte lag.

Einmal war Madame, als sie noch ein Kätzchen war, für zwei Stunden wie vom Erdboden verschwunden. Ich suchte überall nach ihr, ohne Erfolg. Und sie konnte mich nicht rufen hören – nicht, daß das einen Unterschied gemacht hätte. Eine Katze, die sich versteckt und nicht hören will, stellt sich einfach taub.

Ich war mit meiner Weisheit am Ende. Ich konnte mich nicht erinnern, ob meine Wohnungstür ein paar Minuten lang offen gewesen war. Sollte Madame entwischt sein, befand sie sich in einer sehr mißlichen Lage. Taube Katzen haben auf der Straße nichts verloren, denn da sind sie hunderterlei Gefahren ausgesetzt – wie rasenden Autos oder bedrohlichen Hunden, die nicht in ihrem Blickfeld sind. Autos sind statistisch die tödlichste Gefahr für Katzen.

Ginny kam aus dem Schlafzimmer hereingetrottet, wo sie ein Nickerchen gehalten hatte.

»Ginny, such Madame«, sagte ich, ohne zu wissen, ob es funktionieren würde. Aber Ginny verstand alles; sie ging direkt zu dem kleinen Tisch neben dem Sofa. Darauf stand eine Lampe, die Madame einmal umgestoßen hatte und deren bauchiger Fuß seitdem ein Loch hatte. Da ich mir keine neue Lampe leisten konnte, steckte ich den Schirm wieder darauf und drehte das Loch zur Wand.

Ginny klopfte zweimal mit der Pfote gegen die Lampe. Sofort kam Madame aus dem Loch. Sie hatte sich darin unter dem Lampenschirm in der Wärme der brennenden Birne zusammengerollt und geschlafen. Die Schwingungen von Ginnys Klopfen weckten sie und lockten sie aus ihrem Versteck.

Madame und Ginny verbindet noch immer eine ganz besondere Beziehung. Ginny verteidigt Madame, wenn eine der anderen Katzen auf ihr rumhackt, und Madame schmiegt sich noch immer manchmal an die Hündin, als wollte sie geputzt werden. Ginny kommt dieser Aufforderung stets nach und leckt und knabbert an Madames Pelz.

VOGUE UND REVLON

Kurz nachdem wir Madame zu uns genommen hatten, machten Sheilah und ich mit Ginny einen Spaziergang. Plötzlich fing Ginny laut zu bellen an und zerrte mich an der Leine in eine bestimmte Richtung. Als wir um eine Ecke bogen, sah ich eine Gruppe – Erwachsene –, die erbarmungslos eine Katze herumkickten. Die Leute benutzten das arme Geschöpf als eine Art Fußball. Ginny geriet außer Rand und Band und bellte sich die Lunge aus dem Leib, was sie selten tut.

Mir wurde bewußt, daß mich Ginny einzig deswegen hierher gezerrt hatte, damit ich etwas dagegen unternahm. Also schnappte ich mir die Katze, und Sheilah fuhr uns zu meinem Tierarzt, wo sie zusammengeflickt, geimpft und sterilisiert wurde. Ich dachte, daß wir ein gutes Zuhause für sie finden könnten. Der Tierarzt sagte mir, daß sie schon sieben oder acht Jahre alt sei. Das ist ein ziemlich hohes Alter für eine Katze, die auf der Straße ums Überleben kämpft. Aller Wahrscheinlichkeit nach war sie eine Haus- oder Lagerkatze gewesen und durch unglückliche Umstände heimatlos geworden.

Wir nahmen sie mit nach Hause, und es ergab sich, daß sie bei uns blieb. Das war Vogue, Ginnys zweite Katze. Zuerst traute Vogue nichts und niemandem über den Weg, und ihr Mißtrauen war nach allem, was sie durchgemacht hatte, verständlich. Sie kauerte in einer Ecke meiner Wohnung, wollte nicht einmal zum Fressen hervorkommen und fauchte mich, Ginny und Madame, an. Anscheinend mochte sie keinen von uns. Aber Ginny gab nicht auf. Wie es ihre Art war, umschmeichelte sie Vogue, blieb ständig in ihrer Nähe und verhielt sich sehr ruhig und rücksichtsvoll. Bald ließ Vogue es zu, daß Ginny sie putzte, und innerhalb einer Woche hatte sie soviel Vertrauen gefaßt, daß sie sich endlich aus ihrer Ecke wagte. Das Merkwürdige an der Geschichte war, daß nicht Vogue, wie ich angenommen hatte, Ginnys Schützling wurde, sondern umgekehrt. Ginny wurde Vogues Baby. Vogue wachte über Ginny und leckte und putzte sie, drückte sie mit der Pfote zu Boden und blieb ständig in ihrer Nähe. Sie verhielt sich wie eine Katzenmutter ihrem Jungen gegenüber.

Als ich eines Nachts schlief, spürte ich plötzlich ein Gewicht auf meiner Brust und wachte auf. Als ich die Augen öffnete, sah ich Vogue, die es sich auf mir bequem gemachte hatte. Fortan gehörte sie zu unserer kleinen Familie, und sie schlief immer in meinem Bett und schmiegte sich unter der Decke an mich. Drei Jahre später starb sie an Krebs. Ich vermisse sie noch immer.

Nach einiger Zeit war ich überzeugt, daß Vogue früher einmal eine Bürokatze gewesen war, da sie besonders gern mit Geräten und Tasten spielte – vor allem mit den Tasten des Telefons. Einmal führte sie ein Ferngespräch. Den Hörer hat sie wahrscheinlich von der Gabel geschoben, indem sie sich daran rieb, was ich schon öfter bei ihr beobachtet hatte, und gleichzeitig eine Taste gedrückt, die automatisch die Nummer meines Bruders José, der jetzt in Miami lebt, wählte. Als José ans Telefon ging, hörte er bloß ein Miauen. Er dachte sich sofort, daß dieser Anruf nur aus meiner Wohnung kommen konnte, und wir haben herzlich darüber gelacht. Danach behielt ich das Telefon im Auge; schließlich wollte ich nicht, daß Vogue in Belgien, Angola, Taipeh oder Neuseeland anrief oder sich telefonisch eine Pizza bestellte.

Ungefähr zwei Wochen nachdem wir Vogue zu uns

genommen hatten, gingen wir wieder einmal ins Tierheim, um Kenny zu besuchen und den Tieren Leckerbissen zu bringen. Ginny lief direkt zu einem Katzenkäfig und stimmte dieses Winseln an, das mir immer vertrauter wurde und auszudrücken schien: Bitte ... gib mir ... gib mir ... gib mir diese Katze.

Ich schaute in den Käfig und entdeckte darin eine sehr struppige und schmutzige orangefarbene Katze. Sie war mir schon bei früheren Besuchen aufgefallen, aber ihr Rücken war immer den Stäben zugewandt gewesen, und ich hatte nie ihr Gesicht gesehen. Da Ginny unaufhörlich winselte, drehte sich die Katze schließlich um. Sie hatte nur ein gesundes Auge, das andere war übel zugerichtet. Offensichtlich war sie mißhandelt worden, ehe jemand sie ins Tierheim brachte.

»Ginny, was soll das? Du hast doch schon zwei Katzen zu Hause«, protestierte ich. »Zwei reichen. Laß es gut sein, bitte.«

Aber Ginny ließ nicht locker. Sie winselte weiter und wollte zu der Katze in den Käfig. Natürlich mußte ich nachgeben. Ich konnte meiner Hündin nichts verweigern, nicht einmal eine Katze mit einem kranken Auge. Also holte ich sie aus dem Tierheim. Ginny konnte es kaum erwarten, die rote Katze, die sehr schmutzig war und entsetzlich aussah, zu putzen. Sheilah und ich brachten sie zum Tierarzt. Sie war ungefähr fünf Monate alt und in einem ziemlich elenden Zustand. Ein Auge war zugeschwollen und näßte.

»Dieses Auge kann ich nicht retten«, sagte der Tierarzt. »Es muß entfernt werden, sonst breitet sich die

Infektion ins Gehirn aus und tötet die Katze. Wenn es Ihnen jedoch lieber ist, können wir sie sofort einschläfern.«

Natürlich war mir das nicht lieber. Ginny würde mir das nie verzeihen. Ich stimmte der Operation zu, und als sie soweit genesen war, daß wir sie nach Hause holen konnten, wußte ich, daß sie bleiben würde, da Ginny das so wollte. Weil die Katze so rot wie ein Lippenstift war, nannte ich sie Revlon. Ginny hatte jetzt also eine dritte Katze, wieder eine gerettete Streunerin und wieder eine Katze mit einer Behinderung. Nur ein Auge zu haben beeinträchtigte Revlons Lebhaftigkeit jedoch kein bißchen. Sie war ein wildes Kätzchen, verspielt und voller Schabernack.

Später, als noch mehr Katzen im Ginny/Gonzalez-Haushalt lebten, zeigte Revlon, daß sie sich überhaupt nichts aus Katern machte, obwohl natürlich alle kastriert waren. »Keine Kater«, lautete ihr Motto. Revlon ärgerte die Kater Caesar, Solomon und Napoleon, indem sie sie auf kokette Weise anlockte, und sobald sie in Reichweite ihrer Pfoten war, holte sie aus und verpaßte ihnen einen Schlag ins Gesicht. Seltsamerweise schien es den Katern nichts auszumachen, Ohrfeigen einzuheimsen, denn sie fielen immer wieder auf die Tricks des wilden Rotschopfs herein.

So war es also gekommen – ich hatte mir eine Hündin zugelegt, und die Hündin hatte sich drei Katzen zugelegt. Eine Katze war brutal mißhandelt worden, und die beiden anderen waren körperlich behindert. Aber das spielte für keinen von uns eine Rolle. Ginny liebte sie trotzdem, und ich entdeckte, daß mir meine Gleichgültigkeit Katzen gegenüber abhanden gekommen war. Sie hatten sich tief in mein Herz geschnurrt und gehörten nun Ginny und mir.

VIER

BETTY BOOP UND DIE GANZE BANDE

Wenn ich auf die vergangenen Jahre zurückblicke, glaube ich, daß die seltsame Wende in meinem Leben eingetreten ist, nachdem Ginny und ich die ersten drei Katzen zu uns genommen hatten. Bis dahin habe ich wohl gedacht, daß ich eines Tages mein altes Leben, soweit das mein verkrüppelter Arm zuließ, wiederaufnehmen würde. Tag für Tag wurde ich kräftiger und konnte meine rechte Hand, wenn auch in sehr beschränktem Maße, benutzen. Noch heute ist die Bewegungsfähigkeit auf zwanzig Prozent reduziert. Auf der Straße verstecke ich meinen rechten Arm unter der Jacke, damit niemand sieht, daß ich behindert bin. Das gibt mir eine gewisse Sicherheit, vor allem Menschen gegenüber, die es nicht so gut finden, daß ich streunende Katzen rette. Manche Menschen reagieren ein bißchen gefühlsbetont, und dann ist es besser, wenn sie annehmen, daß man zwei nützliche, starke Hände hat. Ich glaubte wieder einen Job finden zu können, zwar keinen auf einer Baustelle, aber doch einen, der mir einen passablen Lebensstandard ermöglichen würde. Ich dachte an eine Rückkehr in die Normalität. Auf keinen Fall hatte ich damit gerechnet, daß mein Leben nie wieder so wie vor meinem Unfall sein würde. Statt dessen folgte ich einem völlig neuen Pfad, und dieser Weg war ziemlich erstaunlich.

Wenn ich glaubte, daß meine kleine Familie mit einer Hündin und drei Katzen jetzt komplett war, hätte ich mich nicht mehr irren können. Obwohl es mir damals noch nicht klar war, hatte mein Leben einen endgültigen Wendepunkt erreicht – dank Ginny.

Alles fing – große Überraschung! – mit einer weiteren Katze an. Eines Tages ging ich mit Ginny zum Tierarzt, da sie geimpft werden mußte, und in der Praxis war eine grauweiße Katze mit einem Strick um den Hals. Kinder hatten sie verlassen auf der Straße gefunden und zum Tierarzt gebracht.

Ginny zog es sofort zu dieser Katze hin, so wie Eisenspäne von einem Magneten angezogen werden. Sie stimmte ihr Gib-mir-gib-mir-gib-mir-Gewinsel an, und ich wußte, daß mit dieser Katze etwas nicht in Ordnung war. Tatsächlich, die kleine Katze hatte keine Hinterfüße und nur einen halben Schwanz. Noch ein Volltreffer. Ich hielt Ginny an der Leine zurück. Diese Katze bringt sie mir nicht nach Hause, nahm ich mir fest vor.

»Wie hat sie denn ihre Hinterfüße eingebüßt?« fragte ich den Tierarzt.

»Schwer zu sagen. Vielleicht sind sie durch Frosteinwirkung abgestorben. Kann aber auch sein, daß die

Katze ohne Pfoten geboren wurde. Ich warne Sie, Philip, kommen Sie ihr nicht zu nahe. Sie ist ziemlich wild und könnte Ihnen ohne weiteres den Finger abbeißen.«

»Was werden Sie mit ihr machen?« Ich hatte mit diesem armen Geschöpf überhaupt nichts im Sinn, war aber neugierig.

Der Tierarzt schüttelte den Kopf. »Das weiß ich noch nicht. Vielleicht erlöse ich sie von ihrem Elend. Nur jemand, der nicht richtig im Kopf ist, würde dieser Katze ein Zuhause geben.«

Der Arzt hatte recht. Man mußte völlig verrückt sein, um diese Katze aufzunehmen, und Mutter Gonzalez hat keine verrückten Kinder großgezogen. Auch wenn ich mit der Katze nichts im Sinn hatte – Ginny war anderer Meinung. Aus irgendeinem Grund hat sie sich sofort in diesen wilden kleinen Krüppel verliebt. Kaum hatte ich die Leine etwas locker gelassen, lief sie mit dem mittlerweile bekannten Winseln zu ihr hin, und ehe ich sie zurückziehen konnte, putzte sie ungeachtet des Protestgefauchs und der gefährlich funkelnden Augen diese Wildkatze. Dann drehte sich Ginny zu mir um, legte den Kopf schief und sah mich flehend an.

»O nein, Ginny. Diesmal gebe ich nicht nach. Auf keinen Fall.« Nicht noch eine Katze, und vor allem nicht diese. Genug ist genug. Ich schüttelte entschieden den Kopf. Mein Wort war absolutes Gesetz. Schließlich war Ginny nur die Hündin. Ich war der Herr, richtig? Falsch. Das war eine behinderte Katze, und Sie wissen, was es mit Ginny und behinderten Katzen auf sich hat.

Sie wollte diese Katze unbedingt haben und war fest entschlossen, ihren Willen durchzusetzen. Ich wurde überstimmt und wahrscheinlich überlistet, denn ehe ich mich versah, nahmen wir der Katze den Strick vom Hals und steckten das wilde, fauchende und in der Katzensprache fluchende Tier in einen Behälter.

Wider bessere Einsicht nahm ich die Katze mit in meine Wohnung. Oder sollte ich sagen, in Ginnys Wohnung, da sie zu bestimmen schien, wer darin leben durfte. Ich nannte die neue Katze Betty Boop.

Ich hätte nie geglaubt, daß diese Wildkatze ein Mitglied unserer Familie werden würde, doch Ginny bewies wieder einmal, daß sie recht und ich unrecht hatte. Betty Boop brauchte ein paar Wochen, um sich anzupassen, aber schließlich wurde sie seelisch gesund und strahlte nichts als reinste Liebe aus. Es war, als würden sich in der Seele dieser kleinen Katze zum erstenmal alle Schleusen öffnen. Eines Nachts wachte ich auf, und Betty Boop lag mit untergeschlagenen Vorderpfoten auf meiner Brust und schnurrte glücklich. Danach schlief sie zusammen mit Vogue – die beiden hatten sich angefreundet – jede Nacht auf meinem Bett. Und in manchen Nächten schliefen auch Ginny und Madame bei mir. Betty Boop erwiderte bald Ginnys freimütige Zuneigung, und die beiden wurden und sind noch immer beste Freundinnen.

Was die Behinderung anging – nach ein paar Wochen merkte ich gar nicht mehr, daß Betty Boop die Hinterfüße fehlten. Obwohl sie sich nicht anmutig wie andere Katzen bewegen konnte, hoppelte sie herum wie ein Hase und kam überallhin.

Es ist wundervoll, wie das Herz dieser kleinen Katze vor Liebe überquillt. In unserem Haushalt ist sie die Friedensstifterin. Wenn sich zwei Katzen anfauchen oder sich kampfeslustig geben, geht Betty Boop dazwischen und schlichtet den Streit. Ginny tut das auch, aber sie kann nicht überall gleichzeitig sein.

Nachdem wir Betty Boop in die Familie aufgenommen hatten, erwachte in mir echtes Verständnis für Ginnys hingebungsvolle Einsatzbereitschaft und ihre einzigartige Gabe, behinderte Katzen aufzustöbern. So schwer es mir zunächst auch fiel, allmählich fing ich an zu begreifen, daß meiner Hündin die besondere Aufgabe zugedacht war, heimatlose Tiere, die sonst leiden und sterben würden, zu retten. Ich kam zu der Überzeugung, daß sie für diese Aufgabe vom Himmel auserwählt worden war, und sie wiederum hatte mich auserwählt, um ihr dabei zu helfen. Ich sage, daß es mir am Anfang schwerfiel, diese Bestimmung zu akzeptieren, doch bald wurden Ginnys wundervolle Fähigkeiten für mich die natürlichste Sache der Welt. Durch diese Aufgabe bekam auch mein Leben einen Sinn.

Ginny hatte nicht nur Mitleid mit diesen beklagenswerten Wesen, sondern sie fand diese Tiere, um ihr Leben zu verbessern. Und die Objekte dieses engelhaften hündischen Mitgefühls waren Katzen – streunende Katzen, hungernde Katzen, kranke Katzen und vor allem körperlich behinderte Katzen. Ginnys Herz verströmt sich in Liebe zu diesen Katzen, welche sie brauchen und die sie aus ihrem elenden Dasein rettet. So wie Ginny mich aus meinem Elend gerettet hat.

Ginnys Lieblingsspeisen sind – wie die New Yorker es nennen – Appetithappen. Sie bestehen hauptsächlich aus mariniertem, geräuchertem oder gebratenem Fisch wie Weißfisch oder Lachs – ihr absoluter Favorit –, Hering oder Sable. Dazu gehören aber auch Bagels, Rahmkäse, Pickles, saure Tomaten und andere Delikatessen. Ginny liebt wie die meisten New Yorker dieses Zeug, aber sie bekommt es nicht oft, weil es zu salzig und zu fett ist. Doch hin und wieder gönne ich ihr einen Festschmaus. Das ist nur eine kleine Entschädigung für alles, was sie für mich getan hat.

Wie ich schon sagte, erkrankte Vogue an Krebs. Betty Boop wich in den letzten Tagen nicht von ihrer Seite. Sie blieb ständig bei ihr, leckte und putzte und tröstete Vogue, als wüßte sie, daß Vogue im Sterben lag, und als wollte sie ihr das Ende so angenehm wie möglich machen. Vogue ließ keine der anderen Katzen in ihre Nähe; nur Ginny und Betty Boop duldete sie bei sich. Und ich erwähnte auch bereits, daß Betty Boop der Wendepunkt in meinem Leben war, denn danach wurde ich Ginnys Partner und Komplize bei der Rettung heimatloser Katzen. Ich glaube, damals habe ich endlich begriffen, was mir meine Hündin Ginny die ganze Zeit hatte klarmachen wollen, nämlich daß Tiere mit Gebrechen ebenso ein Heim verdient haben wie gesunde, ja, sogar noch mehr, weil ihre Bedürfnisse größer sind. Wir hatten jetzt eine taube Katze, eine halbblinde Katze und eine Katze, die wie ein Hase rumhoppelte, und alle drei waren wundervolle, liebende und liebenswerte Hausgenossen.

Das heißt nicht, daß ich nicht von Zeit zu Zeit meine Zweifel hatte. Ich kann nicht behaupten, daß mich Ginny sofort bekehrt hat oder daß ich nie versucht habe, mich der Katzenrettung zu entziehen. Doch, das tat ich. Die Richtung, die mein Leben einschlug, war oft erschreckend. Nachdem ich einen ganzen Wurf von fünf neugeborenen Kätzchen nach Hause brachte, redete ich mir streng ins Gewissen.

»Was glaubst du eigentlich, was du tust?« fragte ich Philip Gonzalez. »Du besitzt keinen Cent, lebst von der Invalidenrente und gibst gleichzeitig ein Vermögen für Katzenfutter und Tierarztrechnungen aus. So etwas Verrücktes hat wohl noch nie jemand getan. Für einen Hund und ein paar Katzen zu sorgen, klar, das ist normal. Daran ist nichts auszusetzen. Aber du lebst in einem Zweizimmerapartment, das vor Katzen überquillt, und versuchst jede heimatlose Katze auf Long Island zu retten und bist nicht zufrieden, wenn du nicht mindestens jeden Tag Dutzende von Katzen fütterst. Bist du etwa verrückt? Wie lange soll dieser Wahnsinn noch weitergehen? Wann wirst du endlich vernünftig? Wie sieht denn deine Zukunft aus?«

In diesen Fragen steckte viel gesunder Menschenverstand, auf die es jedoch eine Antwort gab. Diese Antwort fand ich in meinem Herzen. Und sie lautet so: Da ich ein unbekümmerter Mensch war, habe ich nie zu philosophischen Betrachtungsweisen geneigt. Ich habe weder mein Herz geprüft noch mein Leben in Frage gestellt. Ich nahm die Dinge, wie sie kamen – das Schicksal verteilte die Karten –, und lebte von einem Tag zum anderen. Nicht ein einziges Mal habe ich mich gefragt: Warum bin ich auf der Welt? Was ist der Sinn meines Lebens? Hat Gott etwas Besonderes mit dir vor? Jetzt scheint es mir, als habe ER mir Ginny als sein Instrument geschickt. Ginny zeigte mir durch ihr leuchtendes Vorbild, was Fürsorge und Mitleid ist.

Nichts, was ich je in meinem Leben getan habe, hat mir dieses tiefe Gefühl der Befriedigung, der Richtigkeit gegeben wie meine Rettungsaktionen mit Ginny. Nichts hat mich je so glücklich gemacht, ist mir so sinnvoll vorgekommen und hat meine Selbstachtung so gestärkt. Ehe Ginny zu mir kam, habe ich nur in Selbstmitleid geschwelgt und bedauert, daß ich keine Arbeit hatte.

Jetzt hatte ich einen Job, und es war der beste und bedeutungsvollste Job meines Lebens. Ich war Philip Gonzalez, Retter der Katzen, Ginny Gonzalez' nützliche linke Hand. Ginny war mit einer besonderen Gabe in diese Welt geschickt worden, und diese Gabe teilte sie mit mir.

Mit Ginny, die mir den Weg wies, fing ich an, von früh bis spät Heime für Katzen zu suchen. Zu dieser Zeit fütterten wir ungefähr dreißig Straßenkatzen, und ich brachte eine nach der anderen zum Tierarzt. Sie wurden gegen tödliche Krankheiten wie Tollwut, Katzenleukämie, Katzenseuche und Katzen-Aids geimpft und sterilisiert. Dann, wenn niemand die Tiere nehmen wollte, brachte ich sie zu ihrem Leben auf der Straße zurück. Wenigstens waren sie jetzt gesund, konnten keine ungewollten Katzen mehr in die Welt setzen und wurden von mir gefüttert. So war ihr Leben wesentlich besser als vorher, ehe Ginny und ich auftauchten.

Unsere kleine Familie wuchs sprunghaft, und ebenso meine Ausgaben. Jeder Cent, den ich entbehren konnte, ging für Katzenfutter und Tierarztrechnungen drauf. Der Tierarzt war so freundlich, die Kosten aufs äußerste zu reduzieren, aber die Ausgaben rissen doch ein erhebliches Loch in mein winziges Einkommen. Ich fütterte nicht nur täglich ungefähr dreißig heimatlose Katzen und meine Tiere, sondern zahlte auch für die medizinische Betreuung, Impfungen und Sterilisierungen. Außerdem tat ich mein möglichstes, für die Tiere ein Heim zu finden.

Ich hatte noch immer keine Arbeit und lebte nur von meiner Invalidenrente. Obwohl meine Mittel sehr knapp waren, reichten sie immer auch für Katzen- und Hundefutter. Hatte ich überhaupt kein Geld mehr, verkaufte ich etwas. Stück für Stück verkaufte ich meinen Goldschmuck und sogar die antike Uhr mit der Goldkette, die ich so liebte, um Katzenfutter besorgen zu können. Den Schmuck verkaufte ich natürlich mit Verlust, da man nie den ursprünglichen Wert dafür bekommt. Und ich fing an zu überlegen: Warum hast du diese Reisen gemacht und dir so viele Sachen zum Anziehen gekauft? Jetzt könntest du dieses Geld gut für Katzenfutter und Tierarztrechnungen brauchen.

Damals wurde mir nicht bewußt, daß solche Gedanken ein klarer Beweis für die Veränderungen waren, die ich durchmachte – dank Ginny. Jetzt zeigte mir meine kleine Hündin (na ja, nicht mehr so klein, da sie mittlerweile ungefähr vierzehn Kilo wog), daß für andere da zu sein eine bessere Lebensweise war.

Das Wissen, daß Ginny und ihre Welpen beinahe verhungert wären, daß nachts Katzen auf den Straßen hungerten und froren, machte mir sehr bewußt, wie oft hilflose Tiere mißhandelt werden und daß Menschen etwas dagegen tun können und sollten.

Mein Beitrag dazu war, daß ich kranken und verkrüppelten Katzen, die unter normalen Umständen kein Zuhause finden würden, ein warmes und liebevolles Heim gab. Und Ginnys Beitrag war, diese Katzen aufzustöbern, damit ich sie retten konnte. Wir waren ein Team.

TOPSY STÖSST ZUR BANDE

Zuerst glaubte ich wirklich, daß Ginny mit Madame, Revlon, Vogue und Betty Boop genug Katzen hätte. Aber Ginny war eindeutig anderer Ansicht. Sie gab mir klar zu verstehen, daß sie, solange noch ein Hauch Atem in ihrem Körper war und solange es da draußen noch eine einzige Katze gab, die eine extra Portion Liebe und Verständnis brauchte, und solange es noch eine mißhandelte Katze, noch eine kranke Katze, noch eine behinderte Katze, noch eine verkrüppelte Katze, noch eine Katze in Schwierigkeiten oder mit Schmerzen gab, diese mit ihrem speziellen Radar aufstöbern und mich zwingen würde zu helfen.

Eines Nachts, als wir in der Nähe eines Rohbaus spazierengingen, stimmte Ginny ihr vertrautes Winseln an. Auf diese Weise winselt sie nur, wenn es gilt, eine Katze zu retten, oder wenn ein kleines Kind zum Spielen in der Nähe ist. Ich konnte weder etwas sehen noch hören, aber Ginny zerrte mich an ihrer Leine zur Baustelle.

Sheilah war bei uns, und wir wußten nicht, was wir tun sollten, vertrauten jedoch absolut Ginnys Instinkt. Wenn sie durch ihr Winseln anzeigte, daß in diesem Gebäude irgendwo eine Katze war, dann war da auch eine. Ginny irrte sich nie. Wir entdeckten einen Mann, der die Baustelle bewachte, gingen zu ihm und baten ihn um die Erlaubnis, das Gebäude zu betreten.

»Da drin ist garantiert nichts und niemand«, protestierte er. »Ich hätte es gesehen oder gehört, wenn da eine Katze wäre.«

Doch Ginny ließ sich nicht beirren, und der Widerstand des Wachmanns schmolz beim Anblick ihrer großen flehenden Augen dahin. Nur wenige Menschen konnten diesem Ausdruck widerstehen und Ginny etwas abschlagen. Der Wachmann schloß das Tor auf, ich ließ Ginnys Leine fallen, und sie raste in das leerstehende Gebäude.

Sheilah und ich folgten ihr. Der Weg über den Boden voller Bauschutt war beschwerlich. Nirgends bewegte sich etwas. Ein paar Minuten später kam Ginny jedoch zu uns zurück, im Maul ein winziges Kätzchen, das sie uns vor die Füße legte. Das Kätzchen war ganz staubig, und das Fell hatte die Farbe von Zement – eine perfekte Tarnung. Und dennoch hatte Ginny es, in einem Schacht der Klimaanlage gefangen, aufgestöbert.

Wir folgten Ginny zu diesem Schacht und entdeckten dort mehrere Katzenmütter mit ihren Jungen. Bei unserem Anblick flohen die Katzen in Panik, wobei jede ein Junges im Maul forttrug. Vor Ginny hatten sie keine Angst, doch Sheilah und ich erschreckten die Tiere. Trotz der Versicherung des Wachmanns, daß da drin nichts und niemand sei, wimmelte es auf dieser Baustelle vor Leben.

Das Kätzchen, das Ginny uns vor die Füße gelegt hatte, war das einzige kranke von allen Jungen. Es war in einem schlimmen Zustand. Das ganze Gesicht war mit Schorf bedeckt, und es konnte nicht einmal sein Mäulchen schließen. Da es weder zu stehen noch zu gehen vermochte, war mein erster Gedanke, daß es sich bei einem Sturz vom Dach verletzt hatte. Daher brachten wir es sofort in die Praxis des Tierarztes, der für Notfälle auch nachts zu erreichen ist.

Er untersuchte das Kätzchen und sagte: »Es ist sechs Wochen alt.«

Sheilah und ich sahen uns verwundert an. Sechs Wochen! Es war so klein und schwach, daß wir gedacht hatten, es sei höchstens ein paar Tage alt.

»Es ist sehr krank«, fügte er hinzu und erklärte, es leide an einer angeborenen zerebralen Hypoplasie, einem irreversiblen Gehirnschaden, und würde nie gehen können. Er meinte, das beste wäre, das Kätzchen einzuschläfern, doch Ginny, die förmlich an ihrem Findling klebte, würde das nicht zulassen. Und ich auch nicht, wie ich merkte.

So fand Topsy Aufnahme in unserer Familie. Sie kann nicht gehen, kann nicht einmal aufstehen, schaffte es aber trotzdem, überall hinzukommen, und benutzt sogar das Katzenklo. Wie sie das macht, ist unglaublich – sie rollt. Sie rollt über den Boden und sogar über den Rand des Katzenklos. Topsys Überleben ist ein medizinisches Wunder. Zerebrale Hypoplasie ist ein so seltener Geburtsfehler, daß er in keinem meiner Katzenbücher aufgeführt ist. Katzen mit dieser Krankheit können unter normalen Umständen nicht überleben und werden daher von Tierärzten gewöhnlich sofort eingeschläfert.

Doch Topsy ist, wie ich schon sagte, eine Wunderkatze. Für mich verkörpert sie Ginnys magische Kräfte. Wenn es je ein Kätzchen gab, gegen das sich alles verschworen hatte und das dem Tode geweiht war, so war es Topsy. Aber Gott wollte sie nicht sterben lassen, deshalb schickte ER seine Geheimwaffe Ginny, und Ginny nahm mich mit.

Topsy wird wohl an keiner Katzen-Olympiade teilnehmen, aber ihre Lebensqualität ist exzellent, vor allem für eine Katze mit ihrer Behinderung. Sie hat ein Zuhause, wird gefüttert und medizinisch betreut und bekommt vor allem viel Liebe.

Von allen unseren Katzen wird Topsy am meisten verwöhnt. Sie spielt mit ihren Spielsachen, hat ihr eigenes kleines Katzenhaus, aus dem sie rein- und rausrollt und in dem sie ihr Schläfchen hält. Wenn sie auf dem Katzenklo war, hebe ich sie heraus und säubere sie. Mir kommt sie wie die glücklichste Katze in unserer Wohnung vor. Ich nenne sie mein »Schatz«, weil sie etwas ganz Besonderes ist. Aber sie beißt. Hält man ihr die Finger vors Gesicht, als wollte man ihren Kopf streicheln, schnappt sie sofort danach.

Nur Ginny beißt sie nie.

FÜNF

RADAR
DES HERZENS

Es macht viel Spaß, Ginny beim Spielen mit
den Katzen zuzusehen. Sie treibt sie gern vor
sich her wie ein kleiner Schäferhund, kommandiert sie herum und ruft sie zur Ordnung wie eine
Mutter oder wie ein Sergeant. Sie läuft vor und zurück, zählt die Katzen, um sich zu vergewissern, daß
alle da sind. Manchmal wirft sie eine Katze auf den
Rücken, damit sie ihr den Bauch putzen kann. Putzen
hat bei Ginny höchste Priorität, nicht nur, weil dadurch die Katzen an Stellen gesäubert werden, die sie
selbst nicht erreichen können, wie zum Beispiel die
Schulterblätter und das Steißbein, sondern auch, weil
es ein Band der Fürsorge und Zuneigung zwischen den
Katzen und Ginny schafft.

GINNY WIRD GEKIDNAPPT

Am Anfang ihrer Laufbahn als Katzenretterin wurde
Ginny gekidnappt. Ich hatte einen Termin bei einem

Spezialisten für Allergien und brachte deshalb die Tiere morgens zu Sheilah in ihre Parterrewohnung. Damals lebten nur vier Katzen bei mir – Madame, Vogue, Revlon und Betty Boop – und der Wurf von fünf Kätzchen, über den ich gleich erzählen werde. Ginny kümmerte sich um alle.

Als Sheilah später am Tag zur Arbeit mußte, ließ sie die Tiere allein, denn sie wußte, daß ich bald zurückkommen würde. Als ich Sheilahs Apartment aufschloß, merkte ich sofort, daß etwas nicht stimmte. Die Katzen waren aufgeregt und miauten. Ginny war nirgends zu sehen. Ich schaute in der Küche nach und entdeckte sofort die zerbrochene Scheibe in dem Fenster, das auf eine Straße hinausging. Ginny war gestohlen worden. Ich rief sofort Sheilah in ihrer Arbeitsstelle an.

Wir waren verzweifelt. Wer hatte das getan? Wo war Ginny jetzt? Lebte sie noch? Als Sheilah nach Hause kam, wollte sie die Polizei, das FBI, ja, sogar die CIA anrufen. Aber dann läutete das Telefon, und eine junge Stimme – eher die Stimme eines Halbwüchsigen als die eines Mannes – sagte: »Wenn Sie Ihren Hund wiederhaben wollen, müssen Sie uns hundertfünfzig Dollar zahlen.«

Was konnten wir tun? Der Anrufer hatte offensichtlich Ginny in seine Gewalt gebracht. Wir stimmten zu. Geld war kein Thema; wir wollten nur diesen kleinen Hund mit dem lieben Gesicht gesund und munter wiederhaben. Natürlich war mir auch danach zumute, ein paar von diesen Kerlen die Hälse umzudrehen. Wie am Telefon vereinbart, fuhren Sheilah und ich zum Treffpunkt mit den Kidnappern. An einer Ampel hielt ein Müllwagen neben Sheilahs Auto, und einer der Müllmänner rief zu mir herunter: »Suchen Sie Ihren Hund?«

»Ja!« schrie ich zurück. »Haben Sie ihn gesehen?«

»Er treibt sich auf der Strandpromenade herum.«

Ginny auf der Strandpromenade?

»Er ist da drüben, aber wir konnten ihn nicht einfangen.«

»Wenn Sie mir zeigen, wo Ginny ist, gebe ich Ihnen hundert Dollar.«

»Ich zeige es Ihnen, will aber keinen Cent dafür.«

Sheilah und ich folgten dem Müllwagen, bis er an einer Stelle der hölzernen Strandpromenade hielt.

»Ihr Hund treibt sich irgendwo da drüben rum.«

Ich stieg aus und machte mich auf die Suche. Ginny war nirgends zu sehen. Ich rief ihren Namen immer wieder. Keine Ginny.

»Ginny, spielst du mit mir Verstecken? Komm schon, Mädchen, das ist gar nicht lustig. Ginny!«

Plötzlich hörte ich ein vertrautes Bellen, und Ginny lief direkt auf mich zu. Ich bückte mich, sie sprang in meine Arme und leckte mein ganzes Gesicht ab. Ich verfrachtete sie in Sheilahs Auto, gab den Müllmännern die versprochenen hundert Dollar, und dann fuhren wir nach Hause.

Wahrscheinlich war folgendes passiert: Wer auch immer Ginny gestohlen hatte – und ich bin überzeugt, daß es Jugendliche waren –, hatte sich nicht die Mühe gemacht, Ginnys Leine mitzunehmen. Die fanden wir in Sheilahs Apartment. Und ohne Leine konnten die Jungs Ginny nicht festhalten, sie entwischte ihren Entführern und machte sich auf den Weg nach Hause. Aber irgendwie verlor sie die Orientierung und blieb auf der Strandpromenade. Ich glaube, sie hat damit gerechnet, daß wir irgendwann auftauchen. Was ja auch geschah.

Später am Abend bekam Sheilah noch einen Anruf von den Kidnappern, die keine Ahnung hatten, daß Ginny wohlbehalten wieder zu Hause war. Die Jungs nahmen wahrscheinlich an, daß sich der Hund noch immer irgendwo am Strand herumtrieb, und wollten ihre letzte Chance nutzen, das Geld von uns zu erpressen. »Sie sind nicht gekommen, also müssen Sie jetzt fünfhundert Dollar zahlen«, sagte eine sehr junge Stimme.

Als Sheilah das hörte, explodierte sie förmlich am Telefon und benutzte Schimpfworte, die nicht zu wiederholen sind. Sie hatte ein paar besonders kräftige Ausdrücke für die Motive, das Gesicht und die Freunde des Jungen. Sie bezeichnete ihn als dumm, dümmer, am dümmsten. Zum Schluß machte sie dem Anrufer unmißverständlich klar, daß sie ihm die Polizei auf den Hals hetzen würde, sollte er je wieder so ein Ding drehen. Als Sheilah schließlich den Hörer auf die Gabel knallte, war sie ganz außer Atem, und der Anrufer hatte bestimmt Blasen an den Ohren.

Danach ließen wir Ginny nie wieder allein, nicht

einmal fünf Minuten. Wenn sich Sheilah um sie kümmerte und zur Arbeit mußte, brachte sie sie zu ihrer Mutter, die Ginny vergötterte und sie maßlos mit ihrer Lieblingsspeise – gebratenem Lachs – verwöhnte.

TIGER, SPOT, CAESAR, PINKY UND PRINCESS

Kurz nachdem wir Topsy mit nach Hause nahmen, fütterte ich täglich mehr als vierzig Katzen. Bei jedem Spaziergang mit Ginny kamen diese Streuner aus ihren Verstecken und marschierten neben ihr her. Oft waren es mehr als ein Dutzend, so daß es aussah wie eine Parade.

Eines Tages, als unsere Parade durch die Straßen zog, hielt mich ein Mann an und fragte: »Sind Sie etwa der Rattenfänger von Long Island? Warum laufen Ihnen alle diese Katzen nach?«

Ich lachte. »Sie glauben, die laufen *mir* nach? Passen Sie mal auf.« Ich ließ Ginnys Leine los, und sie rannte davon. Und alle Katzen jagten hinter ihr her.

Ginny und ich folgten einer täglichen Routine. Wir fütterten die Streuner zweimal am Tag und versuchten so viele wie möglich einzufangen, die wir dann für die Impfungen und die Kastration zum Tierarzt brachten. Mittlerweile bekam ich von ihm Mengenrabatt. Danach versuchte ich für die Katzen ein gutes Zuhause zu finden.

Es passierte immer öfter, daß ich auf dem Heimweg vom Tierarzt auf der Straße von jemandem angesprochen wurde. Die Menschen in meiner Gegend sahen in mir den verrückten Kerl mit den Katzen.

»Was haben Sie mit dieser Katze vor?« wurde ich manchmal gefragt.

»Ich suche ein gutes Heim für sie. Die Katze ist gesund, geimpft und sterilisiert, also in bestem Zustand.«

»Kann ich sie haben? Ich gebe ihr ein schönes Zuhause.«

Dann musterte ich die Person. »Okay, aber ich werde Sie begleiten, weil ich den Katzenkorb wieder mitnehmen muß und mir ansehen will, wie Sie leben und was für ein Zuhause diese Katze bekommen wird.« Ich würde nie ein Tier irgend jemandem geben; es mußten die richtigen Menschen sein – gutmütig und liebevoll.

Zu jenem Zeitpunkt hatte ich schon heimatlose Katzen bei mehr als fünfunddreißig Familien untergebracht, aber an ihre Stelle rückten andere herrenlose Katzen. Wenn ich für eine kein Zuhause fand, entließ ich sie in ihr früheres Leben, behielt sie jedoch im Auge und sorgte dafür, daß sie gut gefüttert wurde. Jedesmal, wenn es mir gelang, eine Katze in fürsorgliche Hände zu geben, war das ein Triumph für mich, und jede Sterilisation oder Kastration verhinderte die Zeugung von unerwünschten Kätzchen. Die Straßenkatzen, die ich füttere, sind für mich keine »Streuner«; ich nenne sie unsere »Draußen-Katzen«. Stöbert Ginny eine Katze auf, die verkrüppelt oder mißgebildet ist und die niemand haben will, nehme ich sie mit nach Hause, und sie wird eine »Drinnen-Katze« und ein Teil der Familie.

Eines Nachts kamen Ginny und ich bei unserem Spaziergang an derselben Baustelle vorbei, wo wir zwei Monate zuvor Topsy gefunden hatten. Das Gebäude war noch immer nicht fertiggestellt. Ginny fing wieder an zu winseln, und als ich ihre Leine losließ, raste sie ins zweite Stockwerk hinauf. Ich folgte ihr, konnte jedoch wieder nichts sehen oder hören. Bestimmt hat sie sich geirrt oder sich etwas eingebildet, dachte ich.

»Komm schon, Ginny, gehen wir«, sagte ich. »Hier findest du nichts.«

Da näherte sich Ginny einem zwei Meter langen und zwölf Zentimeter dicken Rohr und starrte es an. Dann warf sie mir einen Blick zu, starrte wieder das Rohr an und schaute erneut mich an. Schließlich stieß sie mit ihren Vorderpfoten so lange gegen das Rohr, bis es umfiel.

Dort, am unteren Ende des Rohrs, lagen fünf Kätzchen, die nicht älter als eine Woche waren. Ihre Augen waren noch geschlossen und die winzigen Ohren zurückgeklappt. Jemand hatte sie wie Müll in das Rohr gesteckt, um sie dort sterben zu lassen. Ich werde nie begreifen, wie Ginny wissen konnte, daß die Kätzchen in diesem Rohr waren, da wir doch nur an der Baustelle vorbeispazierten. Auch die schärfsten Hundeohren hätten dieses leise, verzweifelte Miauen nicht hören können. Aber Ginny besitzt schließlich diese besondere Gabe – einen Radar des Herzens.

In dem Moment, in dem ich diese fünf winzigen, hilflosen Kätzchen sah, strömte mein Herz vor Zuneigung über. Ich war einfach überwältigt. Ich glaube, dieser Anblick weckte meine Liebe für Katzen im allgemeinen, nicht nur für die paar, die ich zu Hause hatte. In diesem Bruchteil einer Sekunde wurde Philip Gonzalez zum Katzennarr. Und ich glaube, das war auch für Sheilah der entscheidende Moment.

Als Ginny zum erstenmal auf dieses leerstehende Grundstück gelaufen war und ihr erstes heimatloses Kätzchen – die langhaarige, goldfarbene Katze, die ich Klytämnestra nannte – aufstöberte, glaubte ich zutiefst, daß Ginny einen wundervollen sechsten Sinn hat. Doch die unerklärliche Entdeckung dieser armen, verlassenen Kätzchen bewies mir endgültig ihre übersinnliche Begabung. Dieses Ereignis zeigte mir, daß Ginny einen Spürsinn für Schmerz, Elend, Angst, Krankheit, Verletzungen oder Behinderungen besaß, über den weder Menschen noch andere Hunde verfügen. Ginnys übersinnliche Kräfte kann ich nicht völlig begreifen, aber ich glaube daran wie jeder andere auch, der erlebt hat, wozu sie fähig ist.

Die fünf neugeborenen Kätzchen wimmelten von Flöhen und Zecken. Sie wurden förmlich von diesen Parasiten aufgefressen. Ich brachte sie zum Tierarzt, der jedoch keinen freien Käfig und keine Saugflaschen hatte. Also nahm ich den ganzen Wurf mit nach Hause, wo ich sie mit Milch aus winzigen Fläschchen aufpäppelte und Ginny ihnen die Parasiten wegputzte. Ich wäre nie allein mit der nur einen funktionierenden

Hand mit diesen fünf Kätzchen fertig geworden. Gott sei Dank half mir meine beste Freundin Sheilah. Sie rührte die Milch an und hielt die Kätzchen, während ich ihnen die Flüssigkeit einflößte. Ginny wich nie von ihrer Seite und beobachtete genau – teils vertrauensvoll, teils argwöhnisch wie eine Katzenmutter –, was wir mit diesen kleinen Wesen anstellten. Ich glaube, daß Ginnys Nähe für diese Winzlinge sehr tröstlich war.

Mit der Rettung dieser Kätzchen begann Sheilahs Bekehrung. Die Kleinen aufzupäppeln und Ginnys zarte Fürsorge zu erleben weckte auch in ihr die Liebe zu Katzen. Im Verlauf der Monate, seit Ginny zu mir gekommen war, hatte Sheilah allmählich ihre Angst vor Katzen verloren, und ihre Abneigung hatte sich in eine zaghafte Zuneigung verwandelt. Aber erst diese fünf hilflosen Wesen, die Ginny gerettet hatte, machte Sheilah zur rückhaltlosen Katzenliebhaberin. Von diesem Zeitpunkt an teilte sie meinen Enthusiasmus und machte mit bei der Rettung und Fütterung heimatloser Katzen.

Es dauerte vier Tage, bis die Kätzchen, die wunderbarerweise alle überlebten, gesäubert waren. Ich nannte sie Tiger, Spot, Caesar, Pinky und Princess. Drei Monate später fanden Pinky und Princess ein liebevolles Zuhause, aber was Tiger, Spot und Caesar betraf – nun, sie gehören noch immer zu unserer Familie. Ich käme gar nicht auf den Gedanken, sie jetzt noch wegzugeben.

Sheba bekam ich von einer Freundin, die wegzog und

die Katze nicht mitnehmen konnte. Weder vermochte ich ihrem inständigen Bitten zu widerstehen noch den Gedanken zu ertragen, daß Sheba in ein Tierheim kommen sollte. Also öffnete ich mein Herz und meine Wohnungstür, und Sheba, eine große getigerte Manx-Katze mit einem Stummelschwanz schlenderte herein. Sie fühlte sich sofort wie zu Hause und wählte als Schlafplatz mein Bett.

Ich brachte Sheba zum Tierarzt, um sie sterilisieren zu lassen. Am nächsten Tag bekam ich einen Anruf aus der Praxis.

»Mr. Gonzalez? Ich rufe wegen der Katze an, die Sie gestern bei uns gelassen haben.«

»Wegen Sheba?«

»Nun ja, wenn Sie ihn so nennen wollen.«

»Ihn?«

»Sheba ist keine Katze, sondern ein kastrierter Kater. Wußten Sie das nicht?«

»Mir wurde gesagt, sie sei eine Katze«, erwiderte ich verlegen.

»Jedenfalls ist der Kater gut in Form. Er bekommt seine Impfungen, und Sie können ihn heute abholen. Sollen wir den Namen für unsere Unterlagen ändern?«

»Ja, bitte. Er heißt jetzt Solomon.«

Ich kenne eine Frau, die hat eine noch lustigere Geschichte zu erzählen. Sie lebte in einem alten Bauernhaus, wo ein großer getigerter Kater regelmäßig auf die Veranda kam und gefüttert werden wollte. Allmählich wurde er zutraulicher und war bald ihr Haustier. Sie nannte ihn Camus und brachte ihn zum Tierarzt, um ihn kastrieren zu lassen.

Ein paar Monate später verschwand Camus. Er ging eines Morgens einfach zur Tür hinaus und kam nicht wieder. Die Frau war außer sich vor Kummer und ließ eine Suchmeldung über den örtlichen Radiosender und CB-Funk verbreiten, obwohl es auf dem Land so viele getigerte Katzen wie Unkraut gibt. Sie verständigte das Büro des Sheriffs und den Tierschutzverein. Außerdem hängte sie überall Poster auf und setzte sogar eine großzügige Belohnung aus. Kein Lebenszeichen von Camus. Monate später war er noch immer nicht aufgetaucht.

Ein paar Wochen nachdem die Frau endgültig die Hoffnung aufgegeben hatte, schlüpfte eine getigerte Katze durch die Katzentür in ihre Küche. Camus! Gott sei Dank! Sie packte ihn, hob ihn hoch und küßte und hätschelte ihn, was ihm sehr zu gefallen schien. Dann machte sie eine seltsame Entdeckung. Camus war noch immer sehr männlich. Sie brachte ihn zum Tierarzt, der ihn untersuchte und zweifelsfrei feststellte, daß Camus noch im Besitz seiner Männlichkeit war.

»Aber Sie haben ihn doch kastriert«, beschwerte sich meine Freundin.

Der Tierarzt schaute ihr direkt in die Augen. »Die Hoden sind nachgewachsen«, sagte er einfach und kastrierte den Kater noch einmal.

Ein paar Monate später schlüpfte der *richtige* Camus zur Katzentür herein. Jetzt hat meine Freundin zwei kastrierte getigerte Kater namens Camus. Als sie mir diese Geschichte erzählte, schüttelte ich den Kopf und fragte ungläubig: »›Sie sind nachgewachsen?‹ – was ist das für ein Tierarzt?« Und insgeheim dachte ich: Was ist das für eine Katzenhalterin, die ihren eigenen getigerten Kater nicht von einem fremden unterscheiden kann? Jede Katze besitzt Eigenheiten, die sie von allen anderen unterscheidet.

Solomon unterscheidet sich von meinen anderen Katzen dadurch, daß er mehr als sie, ja, fast ständig spricht.

Beinahe alle Katzen sprechen. Und sie haben unterschiedliche, unverwechselbare Stimmen, deren Tonlagen von exaltiertem silbernem Sopran-Miauen über goldkehligen Alt zum knarrenden »eh, eh« reichen, das wie quietschende Türangeln klingt. Jede Katze beherrscht diese Ausdrucksweisen und wendet sie an, um ihre Wünsche kundzutun, wie zum Beispiel: »Ich möchte raus« oder: »Beeil dich, und gib mir diese Tender Vittles«.

Vielleicht ist Ihnen schon aufgefallen, daß Katzen mit Menschen sprechen. Mit ihren Menschen können Katzen richtig geschwätzig werden. Anderen Katzen gegenüber verwenden sie lieber die Körpersprache und drücken eher mit Ohren und Schwanz als mit Miauen ihre Gefühle aus. Zurückgelegte Ohren zeigen Kampfesbereitschaft an. Heruntergeklappte Ohren signalisieren Aufgabe: Bitte, verschon mich mit deiner Aggressivität. Gespitzte Ohren drücken Interesse an irgend etwas aus, das man sofort erkunden muß. Zukkende Ohren bedeuten, daß die Katze gerade ihren Namen oder den Namen ihrer Lieblingsspeise gehört hat.

Ein hocherhobener Schwanz mit geknickter Spitze ist für andere Katzen ein klares Zeichen und heißt: Mir geht es gut. Verpaß mir keinen Kinnhaken, und verdirb mir nicht die Laune. Ein herabhängender und hin und her zuckender Schwanz besagt: Ich habe schlechte Laune. Wag es nicht, mich zu ärgern. Ich habe große Lust, dich zu verprügeln.

Da Solomon keinen Schwanz hat, benutzt er wohl seine Stimme, unaufhörlich und laut, um mit allem und jedem zu sprechen. Er hält nie den Mund. Wenn niemand in der Wohnung ist, spricht er mit den Wänden. Am merkwürdigsten ist jedoch, daß er am meisten mit Madame, die kein Wort verstehen kann, redet. Er miaut ihr direkt ins Gesicht, und weil sie ihn ignoriert, miaut und miaut er unaufhörlich.

In all den Jahren, die ich vergeudet habe, weil ich Katzen nicht zu schätzen wußte, war ich der Meinung, daß sich alle Katzen ähneln. Ich hatte keine Ahnung, wie groß die Unterschiede sind, wie einzigartig jede Katze in ihrer Persönlichkeit, ihren Launen und Vorlieben, ihrem Liebreiz und ihrer Bissigkeit und ihrer Ausdruckskraft ist. Der Schwanz, die Augen, die Ohren, die Nase, die Schnurrhaare, die Stimme einer Katze erzählen unterschiedliche Geschichten. Leben Sie mit einer Katze, und Sie werden bald ihre Körpersprache verstehen.

Ich habe auch nicht geglaubt, daß Katzen besonders liebevoll sind. O Mann, was für ein Irrtum! Hunde küssen dauernd, aber Katzen auch. Wenn man einer Katze den Kopf streichelt und sie plötzlich mit beiden Vorderpfoten Ihre Hand umfaßt, sie an ihr Gesicht zieht und mit ihrer rauhen Zunge leckt – nun, das ist ein unübertreffliches Gefühl. Wenn sich eine meiner Katzen auf meinem Schoß einrollt oder auf meiner Schulter liegt, so sagt sie mir, daß es für sie keinen schöneren Platz gibt und sie am liebsten bei mir ist. Dieser Ausdruck des Vertrauens und der Liebe ist so überwältigend, daß ich keine Worte für meine Gefühle finde.

Vielleicht zeigen Katzen nicht so offen ihre Gefühle wie Hunde, aber dafür gibt es natürliche Gründe. Katzen sind – Löwen ausgenommen – Einzelgänger, während Hunde im Rudel leben und jagen. Aus dieser natürlichen Gegebenheit haben sich verschiedene Verhaltensweisen entwickelt. Hunde halten ihren Menschen für den Anführer des Rudels und wollen ihn erfreuen. Katzen suchen auch die Nähe ihrer Menschen, aber nicht, um sich einzuschmeicheln, sondern weil es ihnen so gefällt. Wenn Sie also von einer Katze geküßt werden, ist das wirklich ein Kompliment und Ausdruck großer Zuneigung.

Diese Erkenntnisse haben mich meine Katzen gelehrt, die ein Quell unerschöpflicher Faszination sind. Zusammen mit meiner über alles geliebten Ginny bilden die Katzen meine Familie. Ich kann mir nicht vorstellen, jemals wieder ohne eine Schar Katzen zu leben. Es erübrigt sich wohl, darauf hinzuweisen, daß Ginny dafür sorgen wird.

SECHS

GINNY AM STRAND

Ginny und ich machen oft nachts Spaziergänge am Strand in der Nähe meiner Wohnung. Nach Einbruch der Abenddämmerung ist die Meeresküste ruhig und wunderschön; sogar die Wellen, die tagsüber donnernd über den Strand hereinbrechen, scheinen nachts sanfter. Der Himmel ist klar und voller Sterne. Den Atlantik im Mondlicht zu sehen ist ein überwältigendes und Ehrfurcht gebietendes Erlebnis.

Ginny liebt den Strand. Die Weite des sandigen Ufers weckt in ihr welpenhafte Instinkte. Kaum berühren ihre Pfoten den Sand, rennt sie fröhlich umher und macht wie ein Eisläufer Achter in die weiche Oberfläche. Sie rast in gerader Linie los, biegt im rechten Winkel ab und rennt in einer Diagonale zu mir zurück. Dann wirbelt sie herum und läuft in der entgegengesetzten Richtung davon, bis ihre Spuren eine Acht im Sand bilden. Auf diese Weise wird sie eine Menge aufgestauter Energie los und hat unglaublichen Spaß daran. Aber zuerst läuft sie immer zum Wasser, betrachtet das Meer und rast dann zu mir zurück, ehe ihre Pfoten naß werden. Das Wasser und die hoch aufwogenden Wellen faszinieren Ginny.

Hunde graben gern. Diesen ursprünglichen Instinkt haben sie auch nicht als domestizierte Tiere verloren. Wilde Hunde vergraben die Reste ihrer Beute vor anderen hungrigen Tieren. Ginny liebt es, Löcher in den Sand zu graben. Dabei schwingt sie ihre Pfoten, als habe sie eine äußerst wichtige Aufgabe zu erledigen. Sie besitzt sehr viel Energie, und so werden ihre Löcher auch sehr lang und tief. Anschließend legt sie sich in die Kuhle, und ich muß sie mit Sand bedecken. Dabei zappelt sie vor Aufregung, wühlt sich dann aus dem Sand, und das Spiel fängt von vorne an.

Einmal sah ich einen Jogger am Strand entlanglaufen, der plötzlich verschwunden war. Es stellte sich heraus, daß er in eine von Ginnys Kuhlen gefallen war. Glücklicherweise hat er sich im weichen Sand nicht verletzt. Ich entschuldigte mich bei ihm, und als er Ginnys ängstliches Gesicht sah, verzieh er ihr auf der Stelle. Danach war ich vorsichtiger und füllte Ginnys Löcher wieder auf, ehe wir den Strand verließen.

Da ich Ginny im März aus dem Tierheim geholt hatte, war es bei unseren ersten Spaziergängen am Meer noch ziemlich kalt, vor allem nachts, und sie blieb immer in meiner Nähe. Sie mochte es nicht, wenn ihre Pfoten naß wurden. Das Wasser war eiskalt. Bald wurden die Tage jedoch länger und die Nächte wärmer.

In einer warmen Frühlingsnacht – es muß im Mai

gewesen sein – machte ich wie gewöhnlich mit Ginny einen Spaziergang am Strand. An der Küste tummelten sich Hunderte von kleinen Vögeln. Die Flut hatte winzige Meerestiere angeschwemmt, die von den Vögeln gierig aufgepickt wurden. Bei diesem Gewimmel drehte Ginny völlig durch. Hysterisch bellend raste sie an der Küste entlang und jagte die Vögel. So glücklich habe ich Ginny noch nie gesehen. Ich glaube nicht, daß Ginny einen Vogel erbeuten wollte. Es machte ihr einfach Spaß, sie zu jagen und aufzuscheuchen.

Plötzlich brach eine hohe Welle über die Küste herein. Zum erstenmal in ihrem Leben machte Ginny Bekanntschaft mit dem Atlantik. Salzwasser ergoß sich über sie. Als die Welle zurückschwappte, stand sie bis zu den Schulterblättern im Meer. Noch nie hat jemand so verblüfft ausgesehen wie Ginny. Ihr Gesicht drückte aus, daß die Welle sie ausgetrickst und sich von hinten an sie herangeschlichen hatte. Aber nach einer Weile hatte sie sich daran gewöhnt, naß zu sein, und es gefiel ihr im Wasser. Ginny hatte das Meer als neuen Spielplatz entdeckt.

Sie fing an, sich in die Brecher zu stürzen, und jagte kleine Wellen und Küstenvögel, wobei sie stets darauf achtete, sich nicht zu weit von der Küste zu entfernen. Nach dieser Nacht liebte Ginny den Strand mit dem Ozean als Spielzeug noch mehr.

Es gibt keinen Hund, dem das Frisbeespielen am Strand keinen Spaß macht, und Ginny Gonzalez bildet keine Ausnahme. Da in Ginnys Adern jedoch auch Schnauzerblut floß, und Schnauzer nichts mehr loslassen, was sie einmal gepackt haben, haben wir gewisse Schwierigkeiten bei unserem Spiel. Ich werfe das Frisbee mit der linken Hand, Ginny fängt es auf, gibt es aber nicht wieder her. Sie hält es mit den Zähnen fest und knurrt eigensinnig. Also warte ich geduldig, bis ihr die Sache langweilig wird und sie das Frisbee fallen läßt. Dann werfe ich die Scheibe wieder, und die ganze Prozedur beginnt von vorn. Unser Frisbeespiel ist bestimmt das längste und langsamste in der Hundegeschichte.

Im Verlauf der Jahre haben wir beide etliche Abenteuer während unserer nächtlichen Ausflüge an den Strand erlebt. Gewöhnlich marschieren wir spät nachts los, weil Hunde am Strand nicht erlaubt sind. Es kostet zweihundertfünfzig Dollar Strafe, wenn man erwischt wird. Normalerweise bin ich ein gesetzestreuer Mensch, aber Ginny liebt den Strand so sehr, daß ich ihretwegen dieses Risiko eingehe.

Eines Nachts tollte sie am Strand herum, drehte ihre Achter, und ich stand da und sah ihr zu. Da traf mich plötzlich etwas Hartes zwischen die Schulterblätter, und ich stürzte wie ein gefällter Baum. Ich war wohl ein paar Minuten ohnmächtig. Als ich die Augen öffnete, lag ich auf dem Rücken, und etwas Großes und Mächtiges drückte mich zu Boden. Es stank fürchterlich aus dem Maul sabberte keuchend Geifer über mein Gesicht. Das Monster hätte einem Alptraum entsprungen sein können.

Als sich meine Augen an die Dunkelheit gewöhnten, sah ich, daß über mir ein riesiger, ungefähr achtzig

Kilo schwerer Hund thronte. Er sah aus wie der Hund von Baskerville, und ich glaubte mich dem Tode nahe.

Plötzlich raste Ginny wütend bellend heran, und ich dachte, das sei das Ende für uns beide. Der riesige Hund war ungefähr achtzehn Kilo schwerer als ich, aber an die siebzig Kilo schwerer als Ginny. Es sah schlecht aus für das Team Ginny und Gonzalez. In ein paar Minuten würden wir nur noch Hackfleisch sein.

Dann passierte etwas ganz Erstaunliches. Ich traute meinen Augen nicht. Der Hund wich zurück. Ich weiß nicht, was Ginny zu ihm sagte, aber sie setzte sich durch. Er stieg von mir runter, legte sich ein paar Meter entfernt auf den Bauch und schloß die Augen. Er sah wirklich aus, als wäre er mit der Pfote in der Keksdose erwischt worden, was ihm sehr, sehr leid tat. Ginny kläffte ihn weiter an und klang wie eine wütende Mutter, die mit ihrem unartigen Kind schimpft. Und der riesige Kerl duckte sich ängstlich und winselte. Noch nie hatte ich ein so komisches Paar gesehen. Ich brach in schallendes Gelächter aus.

In diesem Augenblick kam ein Mann keuchend angelaufen. Es war der Besitzer des Hundes.

»Ich jage ihm schon zwei Meilen über den Strand nach«, japste er, völlig außer Atem. Und dann erzählte er, daß sein Grundstück wegen des Hundes von einem hohen Zaun umgeben sei. »Wahrscheinlich ist der Zaun aber nicht hoch genug, denn heute nacht ist mein Louie-Louie einfach darüber gesprungen und zum Strand gelaufen«, fügte er hinzu.

111

Ich stellte mir vor, wie dieser riesige Kerl durch die Luft in die Freiheit segelt und sein Herrchen keuchend hinter ihm herjagt, und mußte lächeln.

Als ich dem Mann den Vorfall schilderte, war er völlig entgeistert. Er sah selbst, wer hier Herrin der Situation war. Ginny war, gemessen an seinem Hund, ein Winzling, aber dieser riesige Louie-Louie fraß ihr aus der Pfote.

»Ich kann's nicht fassen«, meinte er. »So hat er sich noch nie verhalten.«

Er erzählte mir, daß er diesen Hund als Deckrüden hatte heranziehen wollen, aber Louie-Louie habe jede Hündin unfreundlich abgewiesen. Er wolle keine Freundin haben, ganz gleich, wie attraktiv oder reinrassig sie auch sei. Und hier kroch er vor einer Mischlingshündin, die ein Viertel von ihm war, auf dem Bauch. Ein absoluter Versager!

Manchmal wagen Ginny und ich uns während des Tages an den Strand und riskieren es, die Strafe bezahlen zu müssen. Wir gehen nicht zu den beliebten Strandabschnitten, wo die meisten Leute sind, sondern halten uns an die entlegeneren Buchten. Dort gibt es weniger Sand und mehr Klippen. Wenn wir tagsüber unseren Ausflug machen, muß ich eine Schweißbrille tragen, weil ich wegen der Medikamente, die ich gegen die Kopfschmerzen nehme, empfindliche Augen habe.

Früher war ich ein guter Schwimmer, aber jetzt kann ich überhaupt nicht mehr schwimmen, weil mein rechter Arm zu achtzig Prozent unbrauchbar ist. Ich wate also nur bis zur Brust ins Meer und genieße das Wasser an meinem Körper. Ginny leistet mir Gesellschaft und paddelt nahe am Ufer herum.

Doch entdeckt sie spielende Kinder am Strand, ist sie blitzschnell draußen, schüttelt sich das Wasser aus dem Fell, legt sich auf den Bauch und kriecht winselnd auf sie zu, damit sie keine Angst vor ihr haben. Sind die Kinder freundlich, ist Ginny im Hundehimmel, läßt mit sich spielen, läßt sich streicheln und die Ohren kraulen. Wenn ich es erlaube, jagt sie stundenlang hinter Bällen und Stöcken her.

Fast jedesmal, wenn wir am Strand spazierengehen, begegnen wir streunenden Hunden, die jedoch gewöhnlich auf Distanz bleiben. Diese bemitleidenswerten Tiere haben kein Vertrauen mehr zu den Menschen; die Erfahrung hat sie gelehrt, mißtrauisch zu sein. Manche verschwinden von zu Hause und werden nie wieder gefunden, andere werden von ihren Besitzern ausgesetzt, weil sie nicht mehr erwünscht sind. Und wieder andere werden auf der Straße geboren und haben nie ein Zuhause oder menschliche Zuneigung gekannt.

Ich möchte Ihnen von einem ganz besonderen Tag am Strand erzählen. Meine Freundin Sheilah war bei uns. Ginny rannte herum und machte ihre Eisläuferfiguren, als plötzlich drei verwilderte Hunde über den Sand auf uns zurasten. Sheilah stieß einen lauten Schrei aus und packte Ginny, um sie zu beschützen. Viele heimatlose Hunde leben am Strand oder in dessen Nähe und schließen sich manchmal zu Rudeln zusammen. Einige dieser Hunde sind ziemlich wild und gefährlich. Man darf auf keinen Fall davonlaufen, da das ihren Jagdinstinkt weckt und mit bösen Verletzungen enden kann. Von Zeit zu Zeit werden die Strandhunde eingefangen und wahrscheinlich eingeschläfert, diese armen Tiere.

Als die Hunde näher und näher kamen, blitzte in mir auf einmal eine Erinnerung auf.

Im Alter von ungefähr neun oder zehn Jahren war ich wie so oft mit meinen Freunden am Strand, wo wir plötzlich ein Rudel Hunde entdeckten. Die Hunde waren nicht bösartig, nur verspielt. Während wir ihnen zusahen, kam ein Hundefänger herangefahren. Er schnappte sich ein paar von ihnen und schob sie in seinen Van. Dann lief er hinter dem Rest des Rudels her. Sobald er außer Sicht war, machten sich meine Freunde und ich an die Arbeit. Wir öffneten die Hecktür des Vans, und alle Hunde sprangen heraus und liefen davon – nicht nur die Strandhunde, sondern auch diejenigen, die er irgendwo anders eingefangen hatte. Wir taten das nicht aus Bosheit, sondern weil wir die gefangenen Hunde befreien wollten.

Jetzt stand ich wie erstarrt da, während die drei Hunde bellend um uns herumsprangen und ich Angst hatte, daß sie tollwütig oder bösartig sein könnten. Gleichzeitig hoffte ich, daß sie in mir den lieben Jungen erkennen würden, der ihre Urgroßväter und Urgroßmütter an jenem Nachmittag vor vielen Jahren die Freiheit geschenkt hatte. Dann fing Ginny in Sheilahs Armen zu bellen an.

Die Hunde blieben stehen und bellten zurück, aber es hörte sich nicht bösartig an, sondern klang eher freundlich, als würden sie sich unterhalten. Ich könnte schwören, daß Ginny sie fragte, ob sie hungrig seien, und die Antwort lautete: Meinst du das im Ernst? Rück einfach nur Futter raus, und geh weg. Wir sind am Verhungern.

Wir hatten kein Hundefutter in Sheilahs Auto, aber der Rücksitz war voller Katzenfutter, weil wir später unsere Straßenkatzen füttern wollten. Strandhunde machen keinen Unterschied zwischen Katzen- oder Hundefutter. Sie verschlangen den Inhalt von zwölf großen Dosen und fast vier Kilo Trockenfutter. Zu dieser Freßorgie stieß ein weiterer Streuner und half beim Vertilgen. Ginny sah den Hunden zu, und ich hätte schwören können, daß sie lächelte. Ganz gleich, wem es schlechtgeht, Ginny reicht immer eine helfende Pfote.

Nachdem der letzte Bissen verschlungen war, machten sich die Hunde nicht davon, sondern blieben bei uns. Sheilah setzte Ginny auf den Boden, und das ganze Rudel begann am Strand zu spielen – grub Löcher, tollte herum, stürzte zum Wasser und machte kurz davor kehrt und raste zu uns zurück.

Diesen Tag werde ich lange nicht vergessen, aber er war auch von Traurigkeit geprägt. Von all diesen jungen, gesunden Hunden am Strand hatte nur Ginny ein Zuhause, ein Dach über dem Kopf, täglich einen vollen Bauch und jemanden, den sie liebte und der ihre Liebe erwiderte. Waren diese Hunde weniger wert? Hatten nicht auch diese Streuner ein liebevolles Zuhause und Menschen verdient, die sie beschützten? Das Leben kann so grausam und unfair sein, vor allem zu heimatlosen Tieren.

Seit dieser Zeit haben wir nicht nur Katzenfutter, sondern auch Hundefutter im Auto. Das kam uns oft sehr gelegen. Eines Nachts tauchte ein streunender Hund unter der hölzernen Strandpromenade auf und näherte sich uns. Er sah hungrig aus, also holten wir Futter. Der Hund fraß den Inhalt von vier Dosen und ein Pfund Trockenfutter. Während er fraß, sah ich ihn mir genau an. Es war ein schöner Hund, ein junger Schäferhund-Mischling mit einem intelligenten Gesicht. Ich dachte, wenn ich ihn zum Tierarzt bringen könnte, wäre es vielleicht möglich, ihn soweit hochzupäppeln, daß ihm jemand ein Zuhause geben würde. Ich rief ihn, Ginny rief ihn, und Sheilah versuchte ihn in ihr Auto zu locken, aber er kam nicht. Die Ohren des armen Kerls waren mit großen Blutegeln übersät, die der Tierarzt entfernen könnte, um ihn von dieser Plage zu befreien. Das Mißtrauen dieses Hundes Menschen gegenüber war jedoch zu groß. Er ließ sich nicht von uns einfangen. Er verschwand wieder unter der Strandpromenade, und obwohl wir immer, wenn wir nachts an den Strand gingen, nach ihm Ausschau hielten, sahen wir ihn nie wieder.

Am Strand gibt es auch Katzen, und manche fischen doch tatsächlich. Einmal lief eine Katze mit einem Fisch im Maul an uns vorbei. An der einen Seite schaute der Schwanz und an der anderen der Kopf des Fisches heraus. Er zappelte heftig und versuchte sich zu befreien, hatte aber keine Chance. Die Katze hielt ihn fest und hatte wenigstens in dieser Nacht eine gute Mahlzeit.

GINNY VERSCHWINDET

Jedesmal, wenn Ginny zum Wasser lief, kam sie sofort wieder zu mir zurück, aber einmal passierte das Schreckliche – sie verschwand.

Es war eine sehr dunkle Nacht. Der Mond versteckte sich hinter dicken Wolken, und kein einziger Stern war zu sehen. Ginny lief wie gewöhnlich in Richtung Meer, aber ich verlor sie aus den Augen. Sie hatte bereits ihre Achter im Sand gedreht und schon ganz schön rumgetobt, und so rechnete ich damit, daß sie bald zurückkehren würde. Doch die Minuten vergingen, und Ginny kam nicht. Das sah ihr gar nicht ähnlich.

Ich rief sie. Nichts. Ich rief wieder, doch ohne Erfolg. Das war das erste Mal, daß sie nicht auf mein Rufen reagierte.

»Ginny!« schrie ich. »Ginny!« Doch da war nur das Tosen der Brecher auf den Strand und das Kreischen der Seemöwen.

Das beunruhigte mich. Ich ging zum Wasser und an der Küstenlinie entlang – Ginny war nirgends zu sehen. Ich lief bis zum Ende des Steindamms und schaute auch ins Wasser. Keine Ginny. Ich suchte die Strand-promenade ab. Nichts. Keine über alles geliebte Ginny kam auf mich zugerannt.

Allmählich geriet ich in Panik. Unter dem mondlosen schwarzen Himmel war kaum etwas zu sehen. Ich wußte nicht, was ich tun sollte. Ich dachte an jenen Vorfall vor ein paar Jahren, als ich mit Ginny zum erstenmal nachts einen Spaziergang am Strand mach-te. Zwei große Hunde kamen auf uns zu, und die völlig verängstigte Ginny lief vor ihnen davon. Sie war den ganzen Weg nach Hause gerannt, hatte mich dort nicht gefunden und war zu mir zurückgekommen. Vielleicht war sie auch umgekehrt, um mich vor die-sen großen Hunden zu retten. So wie ich Ginny mitt-lerweile kannte, war es sehr wahrscheinlich, daß sie mich hatte retten wollen.

Hatte etwas Ginny derart erschreckt, daß sie nach Hause gelaufen war? Wenn ich nach Hause ging, um nachzusehen, ob sie da war, und sie hier am Strand in Schwierigkeiten steckte, würde ich sie im Stich lassen. Ich wußte, daß ich Ginny liebte, aber erst in diesem Augenblick wurde mir klar, wieviel sie mir bedeutete und was für ein wichtiger Bestandteil meines Lebens sie war. Ich mußte weiter nach ihr suchen. Also ging ich geduckt unter der hölzernen Strandpromenade entlang, entdeckte jedoch nirgends eine kleine Hündin mit strahlenden Augen.

Ich war außer mir vor Sorge; es sah Ginny gar nicht ähnlich, einfach davonzulaufen und nicht zurückzu-kommen. Ihr mußte etwas Schreckliches passiert sein.

118

Ich fing an, mir das Schlimmste vorzustellen. Vielleicht hatte sie sich zu weit ins Meer hinausgewagt und war vom eiskalten Wasser in die Tiefe gezogen worden. Ein großer, verwilderter Hund oder ein ganzes Rudel könnte über sie hergefallen sein und sie in Stücke gerissen haben. Meine Handflächen waren mit kaltem Schweiß bedeckt, und ich bekam kaum Luft, als mir diese schrecklichen Bilder durch den Kopf gingen. Dann, als ich nahe daran war, die Küstenwache, die Marines und alle möglichen Rettungsdienste zu verständigen, hörte ich ein kurzes, vertrautes Bellen. Es kam von der Küste, ungefähr zweihundert Meter den Strand weiter oben. Ich lief so schnell ich konnte über den Sand, und als ich näher kam, hörte ich das bekannte Winseln: Gib mir, gib mir ...

Ich war außer mir vor Freude, doch zugleich dachte ich: O nein, nicht schon wieder! Sie hat eine Katze gefunden. Ginny, nicht noch eine Katze!

Aber es war keine Katze. Ich sah einen riesigen Schatten aus dem Meer auftauchen und sich auf die Küste zubewegen. Es war zu dunkel, um erkennen zu können, was für eine Kreatur es war. Ich sah nur, daß sie sehr groß war, größer als jeder Hund und auf jeden Fall größer als eine Katze. Aber Ginny hatte keine Angst davor. Sie winselte weiter und versuchte dem Wesen noch näher zu kommen. Was immer es auch war, Ginny wollte es mit nach Hause nehmen.

Offen gestanden erschreckte mich dieser riesige Schatten zu Tode. Ich hatte keine Ahnung, was es sein könnte. Außerdem war ich pleite und hätte die zweihundertfünfzig Dollar Geldstrafe nicht bezahlen können, sollte man mich mit Ginny am Strand erwischen. Also packte ich einfach das Ende von Ginnys Leine, nahm sie gegen ihren winselnden Protest hoch und lief mit ihr in den Armen den ganzen Weg nach Hause, ohne auch nur einen Blick über die Schulter zu werfen, um zu sehen, ob uns jemand oder etwas folgte.

Ich war so glücklich, Ginny wiederzuhaben, daß ich nicht einmal wegen ihres Verschwindens mit ihr schimpfte. Erst am nächsten Tag fand ich heraus, was passiert war. Ich hörte in den Lokalnachrichten, daß sich eine große Robbe verirrt hatte und an der Küste von Long Beach gestrandet war. Die Robbe war eingefangen und in ein Aquarium gebracht worden. Der Nachrichtensprecher sagte nichts von einem kleinen Hund, der die Robbe als erster entdeckt und mit nach Hause hatte nehmen und als Freundin hatte behalten wollen. Ich hatte plötzlich die Horrorvision, irgendwo Geld auftreiben zu müssen, um große Fässer mit Fischen kaufen zu können, und daß ich nie wieder meine Badewanne benutzen konnte, weil darin Ginnys Robbe lebte. Ich war sehr froh, daß ich mich so schnell wie möglich aus dem Staub gemacht hatte – ohne Ginnys Robbe!

SIEBEN

DIE KATZEN
VOM PARADIES

In meinen Gedanken war Vogue immer »die Dame des Hauses«, weil sie von allen meinen Katzen die damenhafteste und sittsamste war. Ich hatte den Eindruck, daß sie die meiste Zeit ein Zuhause gehabt oder in einem Büro gelebt hat (weil sie das Telefon liebte und so gern Tasten drückte), ehe sie irgendwie auf der Straße landete. Meine anderen »Drinnen-Katzen« waren immer Straßenkatzen gewesen, die, halb verwildert und rauflustig, ums Überleben hatten kämpfen müssen. Aber Vogue war anders; sie hatte ein sanftes Wesen, perfekte Manieren und ein liebevolles Herz. Sie schlief immer in meinem Bett und kuschelte sich unter den Decken an mich. Vogue liebte Ginny, und Ginny liebte Vogue; Vogue liebte Betty Boop, und Betty Boop liebte Vogue. Aber die Beziehung zwischen mir und Vogue war etwas ganz Besonderes.

Daß Vogue an einem inoperablen Krebs sterben mußte, traf uns alle schwer, am meisten aber litten Ginny, Betty Boop und ich. An dem Tag, an dem wir Vogue einschläfern ließen, damit sie nicht leiden mußte, dachte ich, Betty Boop würde auch sterben. Als sie sah, daß wir Vogue aus der Wohnung trugen, fing sie laut zu schreien an und hörte nicht auf, solange wir fort waren. Maunzend schlich sie von einem Zimmer ins andere, suchte überall nach ihrer Freundin und steckte ihre Nase in alle Ecken und unters Bett. Sie fraß nichts und schloß kaum die Augen, um zu schlafen. Wenn sie nicht jämmerlich schrie, lag sie einfach nur mit dem Kinn auf ihren ausgestreckten Pfoten da und starrte blicklos vor sich hin. Nichts interessierte sie, und in einer Wohnung voller Katzen und einer Hündin passiert immer etwas Interessantes. Betty Boop war so traurig, daß ich glaubte, sie würde Vogues Tod nie überwinden, und ich fürchtete, auch sie zu verlieren. Der Verlust ihrer Hinterfüße hatte sie nicht so hart getroffen wie der Verlust ihrer liebsten Freundin.

Ich warf mich in Schale, um Vogue zum Tierarzt zu bringen. Für mich war dieser Anlaß – eine Beerdigung sozusagen – so feierlich, daß ich es für angebracht hielt, Anzug und Krawatte zu tragen. In der Praxis klammerte sich Vogue ängstlich an mich, und ich hielt sie fest in meine Armen.

»Wir gehen heim, Vogue«, flüsterte ich ihr zu. »Wir gehen heim.« Für mich war das keine Lüge. Zutiefst in meinem Herzen glaubte ich, daß meine Katze wirklich heimging, heim zu ihrem Schöpfer. Ich glaubte, daß auf sie ein Ort wartete, wo sie nie wieder Schmerzen oder Angst empfinden würde.

Der Tierarzt stach die Nadel in ihr Bein und gab ihr

eine kleine Injektion, um sie zu beruhigen und ihr die Angst zu nehmen. Ich hielt sie noch immer in meinen Armen. Um nichts in der Welt hätte ich sie losgelassen. Als sie ganz entspannt war, spritzte ihr der Arzt eine volle Dosis, sie wurde schlaff und starb schnell und friedlich ohne Schmerz oder Angst.

Als ich sah, wie das Leben aus Vogue wich, fühlte ich, wie es auch aus meinem Körper wich. Das war das erste Mal, daß ich ein geliebtes Tier hatte einschläfern lassen müssen. Es wird mit keinem Mal leichter, aber ich glaube, das erste Mal ist am schlimmsten.

DARLENE

Wir machten mit unseren Rettungsaktionen auf der Straße weiter. Ginny, Sheilah und ich hatten ein verlassenes Gebäude, das von Hausbesetzern okkupiert worden war und in dem auch viele Katzen lebten, ins Auge gefaßt. Die Hausbesetzer duldeten die Katzen, weil diese die Nagetiere in Schach hielten. Sie konnten es sich aber nicht leisten oder machten sich nicht die Mühe, die Katzen zu füttern. Das blieb uns überlassen, und wir drei gingen jeden Tag zweimal dorthin. Eine Katze hatte es mir besonders angetan, eine große langhaarige, gestromte Maine-Coon. Ich gab ihr den Namen Darlene. Meiner Meinung nach war Darlene so schön, daß sie eine gute Chance hatte, ein Zuhause zu bekommen, wenn wir sie nur fangen, sterilisieren und impfen lassen könnten. Aber Darlene hatte einen eigensinnigen

Kopf und andere Absichten. Sie war fest entschlossen, sich nicht fangen zu lassen, und widersetzte sich geschickt lange Zeit allen unseren Versuchen. Dann verschwand sie; wir sahen sie eine ganze Weile nicht, und ich hatte Angst, ihr könnte etwas Schreckliches zugestoßen sein. Als sie plötzlich wieder auftauchte, etwas dünner geworden, aber sonst unverändert, stießen Ginny, Sheilah und ich Seufzer der Erleichterung aus.

Jedesmal, wenn ich zu diesem Gebäude ging, nahm ich einen Katzenkorb mit. Eines Tages war Darlene ungewöhnlich freundlich. Sie kam sogar zu mir, als ich die anderen Katzen fütterte. Vielleicht war das die Chance, sie einzufangen. Ich öffnete vorsichtig den Korb, streckte langsam meine Hand aus, um sie zu streicheln, und sie ließ es sich gefallen. Ich wollte Darlene gerade in den Korb stecken, als einer der Hausbesetzer, der uns beobachtet hatte, schrie: »Das ist ein Kater! Einen Kater dürfen Sie nicht fangen.«

Beinahe hätte ich es geschafft, Darlene in den Korb zu stecken, aber bei dem Geschrei bekam sie einen Schreck und fing an sich zu sträuben und zu zappeln. Da ich sie nur mit meiner gesunden Hand festhalten konnte, entwand sie sich meinem Griff und raste davon. Ich folgte ihr.

Doch der Boden war eisglatt, und ich konnte mich nicht schnell genug bewegen. Bei jedem Schritt mußte ich mich mit der linken Hand an der Wand abstützen, und als ich zur Hausecke kam, stöhnte ich vor Entsetzen auf. Am Straßenrand lag eine große gestromte Katze, das Opfer eines Unfalls mit Fahrerflucht. Ich war überzeugt, daß es Darlene war. Sie war in Panik vor mir geflohen und auf die Straße gelaufen. Ich hatte Darlene in den Tod gejagt. Ich war schuld, daß sie gestorben war.

Aus Schuldgefühl, Reue und Trauer brach ich in Tränen aus. Hätte ich sie nur nicht gepackt. Ich hatte diesem hübschen Tier nur helfen wollen, ein liebevolles Zuhause zu bekommen, und jetzt lag es tot vor mir, und ich war schuld. Ich hob den kleinen Körper auf und trug ihn zu Sheilah. Da der Boden gefroren war, konnte ich die Katze nicht beerdigen, also fuhr mich Sheilah zum Tierheim, wo ich die Beerdigung arrangierte und bezahlte. Noch immer dachte ich, die tote Katze sei Darlene.

Aber es war nicht Darlene. Etwas sehr Merkwürdiges und Wunderbares geschah. An dem Tag, an dem Vogue für immer einschlief, kam ich vom Tierarzt zurück und ging sofort mit Sheilah zu dem besetzten Gebäude, um die Katzen zu füttern. Nach Vogues Tod waren mir heimatlose Katzen noch wichtiger geworden, weil mir ihr Leben – alles Leben – noch kostbarer geworden war.

Plötzlich tauchte Darlene aus dem Nichts auf und sprang Sheilah in die Arme. Es war, als wollte sie sagen: Da bin ich. Ihr habt geglaubt, ich sei tot, aber das stimmt nicht. Jetzt gehöre ich zu euch. Mit überquellenden Herzen fuhren Sheilah und ich mit Darlene zum Tierarzt, wo sie mehrere Wochen bleiben mußte.

Darlene hatte für uns eine große Überraschung parat. Wegen ihres dichten Fells war es mir unmöglich gewesen zu erkennen, daß sie trächtig war – sogar *sehr* trächtig. In der Nacht, als wir sie aus dem besetzten Gebäude holten und zum Tierarzt brachten, bekam sie dort Junge.

Irgendwie hatte ich das Gefühl, daß uns Darlene geschickt worden war, um Vogues Platz einzunehmen. Warum hätte sie sonst ausgerechnet an jenem Tag auf so geheimnisvolle Weise auftauchen sollen, an dem Vogue starb? Und so brachte ich sie ein paar Wochen später, nachdem sie sich von der Sterilisation erholt hatte und ihre Kätzchen entwöhnt waren, zu mir nach Hause, anstatt sie in andere Hände zu geben. Ich nahm auch eines von Darlenes Jungen mit, eine kleine graue Schönheit namens Sasha, die zu einer sehr redseligen und intelligenten Katze heranwuchs.

Betty Boop trauerte noch immer um Vogue, ließ Mahlzeiten aus und war apathisch und uninteressiert. Sobald ich jedoch den Korb öffnete und Darlene auf den Wohnzimmerboden setzte, spitzte Betty Boop die Ohren. Sofort hoppelte sie heran, um Freundschaft zu schließen. Sie beschnupperte Darlene und leckte ihr dann die Wange auf diese liebe Art, mit der Katzen sich gegenseitig begrüßen. Darlene antwortete auf dieselbe Weise, und sie wurden augenblicklich die besten Freundinnen und sind es noch immer. Die beiden schienen füreinander bestimmt zu sein, denn Betty Boop akzeptierte Darlene als Ersatz für Vogue. Sie fraß wieder regelmäßig und, was Darlene betrifft, nun, heute ist sie ein Dickerchen, das fast zehn Kilo wiegt. Jetzt hatte ich neun Katzen.

Aber die zehnte ließ nicht lange auf sich warten. Eine der Straßenkatzen, eine sehr hübsche Schildpattkatze, trug zwar ein Halsband, aber kein Namensschild. Also dachte ich, die Katze habe sich vielleicht verirrt, und irgendwo suche eine verzweifelte Familie nach ihr. Ich hörte mich überall in der Nachbarschaft um, klebte sogar Zettel mit ihrer Beschreibung in der Umgebung an Hauswände, um sie zu holen. Also steckte ich sie in einen Korb und brachte sie zum Tierarzt, wo sie bleiben sollte, bis jemand ihr ein neues Heim gab. Jedesmal, wenn ich in die Praxis kam, was beinahe täglich geschah, sah ich die Katze dort, die vergeblich auf ein neues Zuhause wartete. Sie war einfach zu hübsch und zu lieb, um sie dort in dem Käfig zu lassen, und so nahm ich sie mit nach Hause und gab ihr den Namen Calliope.

VENUS

Erinnern Sie sich an die Baustelle, wo Ginny Topsy gefunden hat, das winzige Kätzchen mit der zerebralen Hypoplasie? Es war ein großes Gebäude, das vollständig renoviert wurde. Früher war es einmal ein Pflegeheim namens Paradies, und ich nannte das Haus noch immer Paradies. Während des Umbaus wurde aus dem ehemaligen Altersheim ein Sammelplatz und ein Unterschlupf für viele heimatlose Katzen, die Ginny und ich jeden Tag mit Futter und frischem Wasser versorgten.

Auf dem Grundstück trieben sich ungefähr vierzig Katzen herum. Vier von ihnen waren immer zusammen. Ich gab ihnen die Namen Venus, Lulu, Penelope und Hector. Ginny und ich fütterten sie zusammen mit den anderen drei Dutzend Katzen zweimal täglich. Lulu, Penelope und Hector waren langhaarig. In dieser Gegend gab es eine große Anzahl langhaariger Katzen, und ich bilde mir ein, daß alle von Klytämnestra, diesem kleinen rot- und langhaarigen Kätzchen, abstammen, die Ginny, kurz nachdem sie zu mir gekommen war, als erste aufgestöbert hatte. Ich habe mir auch oft gedacht, daß sich die Katzen hier nicht so vermehrt hätten, wenn ich Klytämnestra mit nach Hause genommen hätte und sie hätte sterilisieren lassen. Aber damals machte ich mir noch nicht so viel aus Katzen; meine tiefe Zuneigung hat sich erst entwickelt, als Ginny mich lehrte, Katzen zu lieben. Wie hätte ich es wissen sollen?

Venus war eine kurzhaarige Tabby und entstammte wahrscheinlich nicht demselben Wurf wie die drei, die wie Geschwister aussahen. Eines Tages verschwand sie einfach vom Erdboden. War sie von einem Auto überfahren worden? Das war durchaus möglich, denn Autos sind die größten Katzenkiller überhaupt.

Als Venus ungefähr eine Woche verschwunden war, zerrte mich Ginny zu einer Garage in der Nachbarschaft. Und dort saß Venus, abgemagert und elend, im Fenster. Da Sommer war, befand sich vor dem Garagenfenster nur ein Fliegengitter, das ich abnahm. Später erfuhren wir, daß es in der Garage von Mäusen wimmelte und die Hausbesitzer wahrscheinlich zum Paradies gegangen waren und Venus aus den vielen Katzen ausgewählt hatten, damit sie die Mäuse jagte. Sie sperrten Venus ohne Futter in die Garage, weil sie wohl dachten, wenn sie sie fütterten, würde sie keine Mäuse fangen. Sie sollte die Nagetiere fangen und sich davon ernähren.

Venus war jedoch an unser gutes Futter gewöhnt und rümpfte über Mäuse die Nase. Sie wäre buchstäblich verhungert, wenn Ginny sie nicht gefunden hätte.

Venus und Ginny freuten sich offensichtlich sehr über das Wiedersehen. Nachdem Ginny mit Zunge und Zähnen das Katzenfell geputzt hatte, lief Venus zum Paradies zurück und lebte dort glücklich während der nächsten Monate.

Dann verschwand sie wieder. Ginny führte mich noch einmal zu dieser Garage, und tatsächlich, Venus war erneut darin gefangen. Zum zweitenmal entfernte ich das Fliegengitter und befreite Venus, die sofort zum Paradies zurückkehrte. Ginny hatte ihr zweimal das Leben gerettet.

Als Venus zum drittenmal vermißt wurde, vergeudeten Ginny und ich keine Minute, sondern gingen direkt zu dieser Garage. Aber diesmal war sie nicht dort, und wir konnten sie nirgends finden. Sie blieb vier Monate verschwunden, und als sie wieder auftauchte, sah sie toll aus und war in sehr gutem Zustand. Wo sie genesen war, blieb ein Geheimnis, das wir nie lösten, und sie verschwand auch bald wieder für eine Weile. Jetzt kommt und geht Venus, wie es ihr gefällt, und weil sie immer in gutem Zustand ist, neige ich zu der Ansicht, daß sie ein Heim gefunden hat und hin und wieder ihre alten Freunde im Paradies und Ginny besucht.

Während ich das schreibe, habe ich Venus seit sieben Monaten nicht mehr gesehen, aber ich stelle mir gern vor, daß sie auf einem Schoß in einem gemütlichen Zimmer liegt, es warm hat, gut gefüttert wird und glücklich schnurrt, weil liebevolle Hände ihr Fell streicheln.

DOTTY UND DITTO

Einmal fand Ginny zwei Katzen, die auf einem Schrottplatz lebten. Sie zerrte mich förmlich an der Leine zu diesem Platz, und es blieb mir nichts anderes übrig, als ihr zu folgen. Mittlerweile war ich mir sicher, daß dort eine Katze oder mehrere Katzen Hilfe brauchten, sonst wäre Ginny nicht so unnachgiebig gewesen. Und natürlich waren auf diesem Schrottplatz Katzen in Not. Der Besitzer duldete sie zwar, fütterte sie aber eigentlich nicht. Ich sage »eigentlich«, denn er hielt acht Hühner, für die er Essensreste bei Nachbarn und in Restaurants zusammenschnorrte. Wenn die Katzen Glück hatten, konnten sie sich ein paar Bissen schnappen, ehe sie von den aggressiven, mit scharfen Schnäbeln auf sie einpickenden Hühnern vertrieben wurden. Die armen Katzen waren diesen wütenden, mißgünstigen Vögeln nicht gewachsen.

Als Ginny die beiden Katzen aufstöberte, nannte ich sie Dotty und Ditto nach den niedlichen Zwillingen in Bill Keanes Comics *The Family Circus*. Die Katzen waren in einer ziemlich schlimmen Verfassung und halb verhungert. Dotty hatte überall am Körper offene Pickwunden, und Ditto hatte ein krankes Bein – es war geschwollen und entzündet – und humpelte auf drei Beinen umher. Ich hielt ihn für einen schwarzen Kater, weil er so verschreckt war, daß er nur bei Nacht aus seinem Versteck kam, und in der Dunkelheit sah ich immer nur einen form- und farblosen Schatten.

Trotz seines Hinkens war Ditto erstaunlich schnell. Es war mir unmöglich, ihn einzufangen, und auch Dotty entwischte mir immer wieder. Aber ich war fest entschlossen, die beiden vom Schrottplatz zu holen, weil sie unbedingt ärztliche Hilfe brauchten.

Eines Tages wurde Dotty schrecklich krank. Wahrscheinlich hatte sie verdorbenes Futter gefressen; die Speisereste auf dem Schrottplatz waren oft alt und übelriechend. Vielleicht hatte auch jemand versucht, sie zu vergiften, weil sie dem Tode nahe war, als ich sie fand und zum Tierarzt brachte. Dort blieb sie zwei Wochen und wurde gesund und kräftig, ehe sie wieder ausgesetzt wurde, nachdem sie sterilisiert und geimpft worden war.

Bald darauf wurde Dotty wieder krank. Ein zweites Mal wäre sie beinahe an verdorbenem Futter gestorben. Jetzt war ich mir ziemlich sicher, daß jemand Gift auslegte, wußte aber nicht, wer. Ich schnappte mir Dotty und brachte sie schleunigst zum Tierarzt, wobei ich mir und ihr schwor, daß sie, sollte sie wieder gesund werden, zu mir nach Hause kommen würde, wo ihr niemand mehr heimtückisch Gift verabreichen konnte. Und so wurde Dotty die Katze Nummer elf im Gonzalez-Haushalt.

Es war mir noch immer nicht gelungen, Ditto einzufangen. Da ich ihn nachts, wenn ich ihm Futter brachte, bloß flüchtig sah, konnte ich nur feststellen, daß sein Bein nicht besser wurde. Ich mußte es irgendwie schaffen, ihn zum Tierarzt zu bringen, ehe er an der Infektion starben. Ramona, eine neue Freundin, mit der mich die Liebe zu Katzen verband, besaß eine Tierfalle, Tomahawk genannt, die den Tieren weder Schwanz noch Pfote einklemmt, wenn sie zuschnappt. Diese Falle stellten wir auf dem Schrottplatz auf. Ramona legte Futter als Köder aus, und Ditto humpelte direkt hinein. Endlich hatten wir ihn.

Der Tierarzt sagte mir, daß Dittos Bein in einem sehr schlechten Zustand sei; es war fürchterlich geschwollen und infiziert.

»Vielleicht muß ich es abnehmen«, meinte er.

»Nein! Auf keinen Fall! Keine Amputation!« Ich hatte nicht vergessen, was mit meinem Arm passiert war und wie ich gegen die Ärzte gekämpft hatte, um ihn zu behalten. Wie hätte ich da für ein hilfloses Tier weniger tun können?

Damals hatte ich noch nicht daran gedacht, Ditto bei mir aufzunehmen. Als ich am nächsten Tag in die Praxis ging, sah ich Ditto zum erstenmal bei Licht und mit sauberem Fell. Er war gar nicht schwarz, sondern ein wundervoll gestromter Tabby mit einem niedlichen Gesicht. Ich verliebte mich sofort in ihn. Für mich stand außer Frage, daß Ditto, ganz gleich, ob er mit drei oder mit vier Beinen überlebte, fortan mir gehören würde. Und er war ein zu eigenständiges Wesen, um nur Ditto genannt zu werden. Als ich ihn nach Hause holte – er kam mit vier Beinen aus dem Katzenkäfig –, gab ich ihm den Namen Napoleon, zum einen wegen meiner Vorliebe für Militaria, vor allem aber, weil mir, dem kleinen Kerl, die Jungs in der Army den Spitznamen Napoleon gegeben hatten.

PARADIES

Der Wachmann vom Paradies war ein freundlicher Mann, der Tierquälerei haßte. Deshalb ließ er Ginny und mich zweimal täglich auf das umzäunte Grundstück, damit wir unsere Katzen füttern konnten. Eines Nachts warnte er uns: »Die Grundstücksbesitzer wollen die Katzen nicht mehr hier haben. Ich weiß nicht, wie sie vorgehen werden. Vielleicht legen sie vergiftetes Futter aus. Jedenfalls wird viel von Ausrottung geredet. Wenn Ihnen daran liegt, daß diese Katzen weiterleben, müssen Sie sie wegbringen.«

Das war leichter gesagt als getan. Sheilah und ich waren sehr deprimiert, als wir uns hinsetzten und überlegten, wie wir alle Katzen aus dem Paradies fortschaffen sollten. Obwohl wir die Katzen sehr gut kannten und einer jeden einen Namen gegeben hatten, verschwanden immer wieder welche, und neue kamen hinzu. Wie sollten wir wissen, ob wir alle fortgeschafft hatten? Die Rettungsaktion war eine riesige Sache und überstieg eigentlich unsere Kräfte. Wir wußten jedoch, daß wir so viele Katzen wie möglich fortschaffen mußten, um der Ausrottung durch die Besitzer zuvorzukommen. Der Zeitdruck vergrößerte noch unseren Streß.

Das Einfangen der Katzen war die schwierigste Aktion, die Ginny, Sheilah und ich je gemeistert hatten. Wir brauchten mehrere Tage dafür. Wir begannen die Katzen einzeln einzufangen und in Transportbehälter zu stecken, wobei ich nur meinen linken Arm benutzen konnte. Damals wußten wir noch nicht viel über Fallen (wir kannten Ramona noch nicht), nur, daß die sogenannten ›menschlichen‹ Fallen manchmal zuklappten und den Katzen den Schädel einschlugen oder den Schwanz oder ein Bein zerschmetterten. Deshalb lehnten wir diese Fangmethode ab. Während dieser Rettungsaktion hielt ich Ausschau nach einem sicheren Ort, wo wir die Katzen wieder aussetzen konnten. Sheilah war in ihrem Nova herumgefahren und hatte Katzen in Straßen gefüttert, die Ginny und ich zu Fuß nicht erreichen konnten. Eines Tages sah sie eine ältere Frau, die Katzen aus dem Kofferraum ihres Autos heraus fütterte, der ebenso mit Katzenfutter gefüllt war wie Sheilahs. Natürlich hielt sie sofort für einen Plausch an, von Katzen-Lady zu Katzen-Lady sozusagen. So lernten wir Ramona kennen, die nicht nur herumfuhr und streunende Katzen fütterte, sondern

134

sie auch mit ihrer Spezialfalle Tomahawk einfing. Der Unterschied zwischen Ramona und Sheilah und mir war, daß Ramona es nicht übers Herz brachte, die Katzen wieder auszusetzen, sondern alle mit zu sich nach Hause nahm und in ihre große Familie eingliederte. Bei ihr lebten hundertvierzig Katzen!

Ramona zeigte Sheilah, wie die Tomahawk-Falle funktionierte, und bot ihre Hilfe bei der Räumung vom Paradies an. Wir waren glücklich über ihr Angebot, und Ramonas Fallen erwiesen sich als Geschenk des Himmels. Damit schafften wir es, in Rekordzeit alle Katzen in Sicherheit zu bringen, und Ramona wurde uns eine gute Freundin. (Wie schon erwähnt, gelang es ihr, Ditto/Napoleon mit ihrer Falle einzufangen.)

Zu der Zeit, als Dotty Mitglied unserer Familie wurde, fütterten Ginny und ich sechsundzwanzig »Draußen-Katzen«, um sie während der kalten Wintermonate vor dem Erfrieren wie vor dem Verhungern zu bewahren. Sheilah und ich sammelten Lebensmittelkartons, die wir innen und außen mit Plastik verkleideten und mit allem, was wir auftreiben konnten, mit Handtüchern, alten Decken, alten Mänteln und sogar einer ausrangierten Daunenjacke, auslegten, damit unsere »Draußen-Katzen« ein bißchen Schutz vor dem kalten Wetter fanden.

Diese Kartons stellten wir zusammen mit Futter und Wasser als Köder auf ein leeres, dem Paradies gegenüberliegendes Grundstück und brachten die evakuierten Katzen dorthin. Wir bauten eine Art Barackensiedlung für Katzen, inmitten von Schrottautos, rostenden Öfen, Kühlschränken ohne Türen und anderem Müll des 20. Jahrhunderts. Die heimatlosen Katzen akzeptierten dankbar diesen Schutz vor der Kälte und verbrachten die Nächte in den Kartons. Diese »Siedlung« wurde für mich Paradies Zwei.

JASMINE

Als Ginny und ich Topsy aufnahmen, schlossen wir all ihre Schwestern, Brüder, Cousins und Cousinen in unsere Speisen-Route ein, die wir zweimal täglich machten. Obwohl die Katzen zunächst Angst vor mir hatten, gewöhnten sie sich bald an mich, und ich gab einer jeden einen Namen. Jasmine stammte aus demselben Wurf wie Topsy, war also ihre Schwester. Sie war eine der »Draußen-Katzen«, die wir fütterten, und als sie vier Tage lang nicht auftauchte, machte ich mir natürlich Sorgen. Es stimmt, daß heimatlose Katzen manchmal weiterziehen, aber jetzt war Winter, und Jasmine wurde zweimal täglich gefüttert. Ich glaubte einfach nicht, daß sie ihren Futterplatz freiwillig aufgegeben hatte.

Es kam immer wieder vor, daß eine der »Draußen-Katzen« verschwand und nie wieder auftauchte. Ich hegte den starken Verdacht, daß ein übler Katzenvergifter sein Unwesen trieb – ich mußte nur an Dottys schlimme Erkrankungen denken. Dieser Meinung bin ich noch immer, und der Gedanke jagt mir kalte

Schauder über den Rücken. Ich weiß nicht, was ich täte, könnte ich jemandem das Töten hilfloser Katzen nachweisen, aber ich wäre nicht für meine Taten verantwortlich, denn ich würde bestimmt die Beherrschung verlieren, sollte mir so ein Killer über den Weg laufen.

Die Sorge um Jasmine fraß mich auf. War sie vergiftet worden? Lag sie irgendwo tot herum? Oder, noch schlimmer, starb sie einen langsamen, qualvollen Tod? Diese Schreckensvisionen raubten mir den Schlaf.

Am vierten Tag nach Jasmines Verschwinden wollte Ginny nach dem Füttern Paradies Zwei nicht verlassen. Ich zerrte an ihrer Leine, aber sie zog mich zu einem der Kartons. Als ich die Leine losließ, schnupperte Ginny daran und versuchte mit der Schnauze den Karton umzuwerfen.

»Komm schon, Ginny! Gehen wir! Da drin ist nichts.« Doch Ginny stieß weiter mit der Schnauze gegen den Karton und kippte ihn halb um. Ich sah hinein, konnte aber nichts entdecken.

»Sei nicht so dickköpfig. Komm jetzt, Ginny! Laß uns nach Hause gehen, ehe wir erfrieren.«

Aber Ginny schenkte mir keine Beachtung. Ihre ganze Aufmerksamkeit galt diesem Pappkarton, und ihr Körper zitterte vor Aufregung. Mit dem Schwanz schlug sie mehrmals auf den Boden, ein sicheres Zeichen, daß irgend etwas nicht stimmte. Sie stieß noch einmal kräftig gegen den Karton, der endlich umkippte. Wieder schaute ich hinein. In einer Ecke kauerte ein Etwas, das nicht wie eine Katze aussah, weil es über und über

137

mit Schleim bedeckt war. Dieses Etwas entpuppte sich als Jasmine, die schwer verletzt war. Aus offenen Wunden quoll Eiter, der ihr Fell völlig verklebt hatte. Ich konnte mir nicht vorstellen, was mit der armen kleinen Jasmine passiert war. Hatte sie sich auf eine Rauferei eingelassen? Aber bei keinem Kampf zwischen Katzen gibt es derart schlimme Verletzungen, es sei denn, mehrere Katzen oder Hunde hatten sich gleichzeitig auf sie gestürzt. Ihre Wunden ließen auf einen brutalen, mörderischen Angriff schließen. Noch nie hatte ich eine Katze in einem so üblen Zustand gesehen. Allein der Anblick dieses entsetzlich leidenden Tieres brach mir das Herz. Hätte Ginny nicht ihren Willen durchgesetzt, wäre Jasmine elend zugrunde gegangen. Der Tierarzt räumte ihr kaum eine Überlebenschance ein. Kälte, Hunger und die Infektion hatten ihren Körper in einen völlig erschöpften Zustand gebracht.

»Tun Sie bitte alles, um Jasmine zu retten«, flehte ich ihn an. »Alles.«

Jasmine war so schwer krank, daß sie sechs Wochen in der Tierklinik bleiben mußte, bis sie auf dem Weg der Genesung war. Wenn Katzen neun Leben haben, wie es heißt, dann hat ihr diese Krankheit fünf davon geraubt. Aber die Geschichte dieser kleinen Katze hat ein glückliches Ende. Von der Tierklinik aus kam Jasmine direkt zu Sheilah, wo sie noch immer völlig geheilt, wohlauf und fröhlich, umgeben von Liebe, einer Hündin, Katzen und menschlichen Freunden, lebt.

Im Paradies, wo wir Darlene gefunden hatten, waren noch immer ein paar Katzen, darunter eine Freundin von Darlene, die ich Rosie genannt hatte.

»Die Hausbesetzer werden rausgeworfen, und das ganze Gelände wird abgeschottet, damit niemand mehr reinkann«, erzählte mir mein Freund, der Wachmann, eines Tages. »Euch bleiben noch zwei Tage, um die restlichen Katzen rauszuholen.«

Sheilah, ich und natürlich Ginny fingen noch ein paar Katzen ein, die wir Graybeard, Friday, Streaky und Chairman nannten, beim Tierarzt impfen und sterilisieren ließen und ins Paradies Zwei brachten. Obwohl wir überall suchten, fanden wir Rosie nicht.

Der Winter 1993 war schrecklich kalt, mit viel Schnee und Eis. Ginny und ich hielten immer Ausschau nach Rosie, obwohl ich mittlerweile überzeugt war, daß sie ein Opfer der bitteren Kälte geworden war. Wie sollte eine heimatlose Katze bei diesem Wetter ohne Futter und Unterschlupf auf der Straße überleben?

Eines Nachts, nach einem besonders schlimmen Schneesturm, machten Ginny und ich noch einen Spaziergang. Ginny lief direkt auf eine Mülltonne am Straßenrand zu, hinter der ein Pappkarton stand, und stimmte sofort vertrautes Winseln an. Unter Zuhilfenahme von Schnauze und Pfoten drehte sie den Karton um und bellte einmal – das Signal für mich. Über den eisigen Boden rutschend und schlitternd, eilte ich zu ihr.

Aus dem Karton starrten mich nur zwei riesige Augen an. Ich sah keine Katze, nur Augen.

Es war Rosie, die so ausgezehrt und schwach war, daß sie praktisch kaum noch lebte. Ich eilte so schnell wie möglich nach Hause, um Sheilah zu verständigen. Gemeinsam packten wir Rosie in Sheilahs alten Chevy Nova und fuhren ganz langsam und vorsichtig – nicht nur wegen der glatten Straßen, sondern weil wir fürchteten, ein heftiger Stoß oder Ruck könnte ihr verlöschendes Lebenslicht endgültig ausblasen – zum Tierarzt. So nah war sie dem Tod, als ich ihren ausgemergelten und kalten kleinen Körper, warm in meine Jacke gehüllt, auf dem Schoß hielt. Ich betete um ihr Leben.

Warum hast Du Ginny dieses Kätzchen finden lassen, wenn es nicht weiterleben soll? fragte ich Gott.

Rosie überlebte. Dank Gott und Ginny gelang es auch Rosie, an der Schwelle des Todes umzukehren, um bei uns zu bleiben. Rosie wurde meine dreizehnte Katze, weshalb ich die Dreizehn für eine Glückszahl halte. Zumindest Rosie brachte sie Glück.

Friday folgte mir überallhin wie ein kleiner Schatten, bis er eines Tages einer schönen Blondine begegnete, die ihn mit nach Hause nahm. Kluger Kater. Allerdings behielt sie Friday nicht, weil ihr Freund noch größeren Gefallen an dem Kater fand und ihm ein noch besseres Zuhause gab. Jetzt lebt Friday im Schlaraffenland.

Chairman will keine Hauskatze sein. Er liebt sein ungebundenes Leben auf der Straße, also füttere ich ihn draußen, und wenn das Wetter zu kalt wird, kommt er auf meine Terrasse. Dort stehen immer ein paar Körbe mit offenen Türen, die ich mit warmen, bequemen Sachen – Schaffelle und alte Handtücher – ausgekleidet habe, damit sich die Katzen darin wohl fühlen. In kalten Nächten wissen meine »Draußen-Katzen«, wo sie ein Schlafplätzchen finden und trotzdem ihre Freiheit behalten. Dieses Arrangement ist ihrer Unabhängigkeit angemessen. In wirklich bitterkalten Nächten trage ich die Körbe samt Katzen in meine Wohnung zum Aufwärmen, schließe aber die Türen, damit die Straßenkatzen meine »Drinnen-Katzen« nicht mit irgendwelchen Krankheiten anstecken.

ACHT

KLEINE
BLINDE JACKIE

Scarlett lebte im Paradies Zwei und war trächtig. Ich versuchte alles, sie vor dem Werfen einzufangen – vergeblich. Wie alle trächtigen Katzen war sie sehr auf Selbstschutz bedacht, und meinen Annäherungsversuchen begegnete sie mit Mißtrauen und Ablehnung. Eines Tages war Scarlett wieder mager. Sie hatte ihre Jungen geboren, sie aber gut versteckt. Katzen sind in dieser Hinsicht sehr schlau; wenn es darauf ankommt, ihre Jungen zu schützen, gibt es keine schlaueren oder tapfereren Wesen als Katzen. In den folgenden Wochen gelang es mir nicht, die Kätzchen zu finden. Ich fütterte Scarlett mit extra großen Portionen, da sie ihre Jungen säugte, und ich wußte, daß die Kleinen mit der Milch ihrer Mutter gut gediehen.

Trotzdem machte ich mir Sorgen um Scarletts Nachwuchs. Ich wußte nicht, wie gut die Mutter ihre Jungen vor den natürlichen Feinden wie großen Ratten, anderen Katzen – vor allem Katern, die eine tödliche Gefahr für Kätzchen waren – und übelgesinnten Menschen beschützen konnte. Wie sich herausstellte, waren meine Sorgen nicht unbegründet.

Als die Jungen meiner Schätzung nach ungefähr sieben Wochen alt waren, beschloß ich, sie zu holen. Kätzchen sind viel besser an Tierliebhaber zu vermitteln als erwachsene Katzen. Natürlich wandte ich mich als erstes an Ginny um Hilfe.

»Ginny, such die Kätzchen«, befahl ich, und sie lief an Schrottautos und anderem Müll vorbei über das Grundstück. Vor einer alten Autotür blieb sie stehen und stimmte ihr Winseln an. Die Tür war hohl und hatte ein großes Loch im Blech. Ich tat etwas sehr Törichtes, ich steckte meine gesunde Hand in das Loch, ohne zu wissen, worauf ich stoßen könnte. Es hätten Ratten darin versteckt sein können, und ich riskierte, gebissen und infiziert zu werden. Aber ich hatte Glück – meine Finger berührten ihr Fell. Ginny hatte das Versteck der Kätzchen gefunden.

Plötzlich purzelten sämtliche Jungen aus der hohlen Tür und zerstreuten sich in alle Richtungen. Es waren vier oder fünf, aber ich erwischte nur eins. Ich hielt das Kätzchen hoch und betrachtete es erstaunt. Es war eine hübsche kleine Siamkatze mit blauen Augen, hellbraunem Fell, schokoladenfarbenen Ohren, Pfoten und Schwanz. Scarlett war keine Siamkatze. Ich hatte manchmal im Paradies Zwei Siamkatzen gesehen, also hatte wohl eine davon ihren Wurf hier versteckt. Eines der Jungen, das davongelaufen war, hatte auch wie eine Siamkatze ausgesehen. Die Kleine in meiner Hand war so glorios, daß ich ihr sofort den Namen Gloria gab.

Ich merkte nicht, daß mich eine Frau aus dem gegen-überliegenden Apartmenthaus mit einem Fernglas be-obachtete. Später fand ich eine Nachricht von ihr in meinem Briefkasten.

»Ich habe gesehen, wie Sie das Siamkätzchen fingen, und interessiere mich dafür. Könnten Sie wohl mal bei mir vorbeischauen?« Ich besuchte die Frau und er-kannte in ihr die Besitzerin eines prächtigen Dalmati-ners, mit dem ich sie oft hatte spazierengehen sehen. Ich kannte den Namen und den Ruf dieses Hundes.

»Ich kann Ihnen die kleine Gloria nicht geben. Dodger haßt Katzen«, machte ich ihr klar. »Er würde dieses Kätzchen zum Frühstück fressen.«

»Ich möchte das Kätzchen nicht für mich, sondern für meine Schwester. Sie hatte lange Zeit eine Siamkatze, die kürzlich gestorben ist. Meine Schwester ist des-wegen ganz traurig, und ich will ihr dieses Kätzchen schenken.«

Ich schüttelte den Kopf. »Das ist verrückt. Man kann eine Katze nicht einfach durch eine andere ersetzen. So geht das nicht. Stirbt eine Mutter, würden Sie dann sagen: Da, diese nette alte Dame nimmt ihren Platz ein.« Aber die Frau blieb beharrlich. Sie bat mich inständig, ihr Gloria zu geben, und schließlich lenkte ich ein und ließ Gloria bei ihr, unter der Bedingung, daß ich das Kätzchen wiederbekommen würde, sollte ihre Schwester es nicht haben wollen.

Zunächst mochte die Schwester der Frau nichts davon wissen. Sie wollte nicht einmal einen Blick auf Gloria werfen. Schon den Gedanken, sie durch eine andere

Katze zu ersetzen, konnte sie nicht ertragen, so sehr hatte sie ihre alte Katze geliebt. Als sie jedoch Gloria sah, dieses niedliche, winzige, unwiderstehliche Fellknäuel mit denselben Zeichnungen wie ihre verstorbene Katze, war es zwischen Mensch und Katze Liebe auf den ersten Blick. Sie herzte und küßte das Tier, daß fast die schokoladenbraune Färbung abging.

Gloria hatte also sofort ein Zuhause gefunden. Das zweite Siamkätzchen habe ich nie wieder gesehen. Gloria hatte Glück, aber die anderen beiden der drei Kätzchen im Wurf der Pflegemutter Scarlett, die ich Anything, Tulip und Petunia nannte, waren vom Schicksal nicht so begünstigt.

Zuerst dachte ich, Petunia sei ein Kater, und gab ihr den Namen Paris nach dem Prinzen von Troja, der Helena aus Sparta entführt hat und den Trojanischen Krieg auslöste. Doch Paris, ein gerissenes kleines Tigerkätzchen, entpuppte sich als weibliches Wesen, das einen passenderen Namen – Petunia – bekam und bald ein gutes Zuhause fand.

Für die anderen Jungen von Scarlett hatte ich auch große Hoffnungen. Als Ginny und ich jedoch eines Tages zum Paradies Zwei kamen, erlitt ich einen Schock. Die zwei Kleinen waren gnadenlos mißhandelt worden und in einem schrecklichen Zustand. Tulip hatte ein gebrochenes Bein, und ihr fehlte ein Ohr. Anything war so fürchterlich geschlagen worden, daß er nur noch ein Klumpen war und kaum kriechen konnte, obwohl er sich zu mir schleppte. Ich versuchte Tulip einzufangen, aber sie entwischte mir immer wieder. Erst als ich die Tomahawk-Falle aufstellte, humpelte Tulip hinein. Die offene Wunde ihres abgerissenen Ohrs war voller Maden. Beim Anblick dieser beiden mißhandelten Tiere fühlte ich mich ganz krank.

Ich hatte keine Zeit, Sheilah zu holen, schnappte mir das nächste Taxi, und Ginny und ich brachten die beiden Opfer zum Tierarzt. Tulip konnte trotz ihrer schweren Verletzungen gerettet werden, aber Anything starb vor unseren Augen.

Wer war dieses Monster, das zwei hilflose Kätzchen so zugerichtet hatte? Ich erstickte fast an meiner Wut und schwor mir, den Übeltäter ausfindig zu machen.

Ein paar Tage später sah ich Scarlett im Paradies Zwei mit einem glänzenden Gegenstand spielen. Ich hob ihn auf. Es war eine Hundemarke. Ich hörte mich um und erfuhr, daß der Hundehalter in der Nähe lebte. Zeugen bestätigten mir, daß dieser Mann die Kätzchen geschlagen hatte. Mit einer Metallkette!

Ich machte mich auf die Suche nach diesem Kerl. Als ich ihn gefunden hatte, stellte ich mich ihm in den Weg. Ich bin einsachtundsechzig groß, und er maß etwa einssiebenundachtzig, aber das war mir egal. Ich war so wütend, daß mir der Größenunterschied überhaupt nicht auffiel. Mit meiner gesunden Hand wollte ich ihn in der Luft zerreißen.

»Haben Sie die Kätzchen mit einer Kette geschlagen?«
»Ja. Na und? Was geht Sie das an? Diese verdammten Katzen sind mit Krankheitserregern verseucht. Die stecken noch meinen Hund an.«

Ich sah nur noch rot und war bereit, ihn anzugreifen,

obwohl er, wie gesagt, einen Kopf größer als ich war. »Sie haben diese Katzen geschlagen, und dafür bring ich Sie um!« brüllte ich und ging auf ihn los. Zwei Männer mußten mich zurückzerren und festhalten, während die schleimige Ratte hastig den Rückzug antrat.

Wenn dieser Kerl mir heute auf der Straße begegnet, wechselt er die Seite und wendet den Blick ab. Hätte er gewußt, daß ich nur einen gesunden Arm habe, hätte ich ihn sicher nicht so leicht einschüchtern können. Aber wie alle brutalen Kerle ist er ein Feigling, und er wird es sich zweimal überlegen, ehe er wieder eine hilflose Katze mißhandelt, solange ich in der Nähe bin. Als ich an einem Tag im Jahre 1993 vor dem alten Paradies hinter einer Katze herlief, um sie einzufangen und zu evakuieren, gab plötzlich mein Bein nach, und ich stürzte. Ich kam nur mühsam wieder hoch, denn ich hatte höllische Schmerzen im Knie. Ich ignorierte sie jedoch und setzte meine Rettungsaktionen fort, aber einen Monat danach war mein Knie noch immer nicht in Ordnung und tat ständig weh. Also ging ich zu einem Orthopäden.

»Sie haben eine Bänderzerrung im Knie«, verkündete er. »Wahrscheinlich haben Sie sich das Knie bei Ihrem Arbeitsunfall verletzt und die bereits geschwächten Bänder jetzt wieder gezerrt. Ihr Knie muß operiert werden, und Sie dürfen dieses Bein ein paar Wochen lang nicht belasten. Mit dem Füttern der Katzen ist es für eine Weile vorbei. Das ist ein Befehl.«

Also war ich wieder einmal im Krankenhaus. Nach

meiner Entlassung mußte ich mein Bein ein paar Wochen schonen und war nicht einsatzfähig. Diesen Hausarrest erhellten nur zwei Lichtblicke. Der eine war, daß Sheilah mit den guten Werken fortfuhr. Sie ging mit Ginny mehrmals täglich spazieren, und die beiden fütterten die Katzen. Der andere Lichtblick war, daß ich zu Hause meine Katzen hatte. Sie waren mir wundervolle Gefährten und schienen sich über meine ständige Anwesenheit zu freuen. Allerdings ließen sie mich nicht lesen. Sobald ich nach einem Buch oder der Zeitung griff, bedrängten sie mich, legten die Pfoten auf die Seiten, zerrten mir das Buch oder die Zeitung aus der Hand und rissen sogar Löcher ins Papier. Auf diese Weise machten sie mir klar, daß meine Aufmerksamkeit ausschließlich ihnen zu gehören hatte.

Die Katzen sahen jedoch gern fern. Immer, wenn ich den Fernseher einschaltete, kamen sie zu mir aufs Sofa. Ein paar drängten sich auf meinem Schoß, andere saßen neben mir, einige machten es sich auf meinen Schultern bequem, und einer – Napoleon – streckte sich auf meinem bandagierten Knie aus. Die Katzen genossen nicht nur meine Nähe, sondern beobachteten auch gern die Bewegungen auf dem Bildschirm. Darlene setzte sich manchmal auf den Boden direkt vor den Fernseher, tappte mit der Pfote auf den Bildschirm und versuchte das sich drehende *Glücksrad* anzuhalten. Den Katzen gefiel vor allem das Vogelgezwitscher in Naturfilmen. Sie merkten sofort auf, wenn Vogelstimmen ertönten. Dann sträubten sie ihre Schnurrhaare, spitzten die Ohren und reckten die

Köpfe. Manche knurrten tief in der Kehle und reagierten instinktiv wie Jagdkatzen, die sie schließlich immer noch sind. Oft mußte ich die Lautstärke höher stellen, weil ich beim Schnurren von einem Dutzend Katzen keinen Ton mehr hörte.

Soviel Spaß es mir auch machte, meine Tage und Nächte mit den Katzen zu verbringen, war ich doch froh, als der Arzt mir sagte, ich könne meine normalen Aktivitäten wiederaufnehmen. Mit noch immer schmerzendem und bandagiertem Knie humpelte ich zum Paradies Zwei, wo Sheilah gerade die Katzen fütterte. Ich war glücklich, wieder auf den Beinen zu sein.

»Ich habe eine Überraschung für dich«, sagte Sheilah grinsend, als sie mich kommen sah. »Schau mal!«

Mir klappte der Unterkiefer herunter. Dort, wo wir eine Barackensiedlung aus Pappkartons errichtet hatten, stand ein hübsches kleines Holzhaus mit mehreren Türen, durch die Katzen ein und aus gingen.

»Das Haus ist wetterfest und warm«, erklärte Sheilah. »Die Katzen lieben es.«

Sie erzählte mir, daß ein dem Grundstück gegenüberwohnendes Ehepaar diesen Unterschlupf für die Katzen vom Paradies Zwei gebaut habe. Was für ein großzügiges Geschenk! Das Holzhaus blieb dort eine Weile stehen, bis der Besitzer des Grundstücks erklärte, es müsse verschwinden. Es habe eine Menge Beschwerden über die Katzen gegeben, die angeblich Nagetiere anziehen würden. Was für ein Unsinn! Katzen vertreiben und töten Nagetiere und ziehen sie nicht an.

Das freundliche Ehepaar brachte daraufhin das Katzenhaus auf ein anderes Grundstück, wo es jetzt den dortigen Katzen als Unterschlupf dient. Ginny, Sheilah und ich mußten unsere »Draußen-Katzen« wieder einmal evakuieren. In der Nähe meiner Wohnung verläuft eine Straße, die durch einen Grünstreifen geteilt ist. Ich hätte für meine Katzen diesen Ort inmitten des Verkehrs nicht gewählt, aber sie selbst siedelten sich dort an. Ein Baum in der Mitte wurde zum Futterplatz und gehörte fortan zum festen Bestandteil meiner täglichen Runden.

Paradies Zwei ist jetzt nur noch Aufenthaltsort für vier Katzen, van Gogh – nein, sie hat *zwei* Ohren, aber mich erinnert sie an ein Gemälde von van Gogh –, Ghost, Hector und Herod. Wir füttern auch Katzen in der Miller Street. Die Miller Street war eine von Ramonas Futterstationen, wo sie jeden Tag vier oder fünf Katzen gefüttert hat. Eines Tages wurde sie jedoch von einem Mann, der Katzen haßt, bedroht und sogar tätlich angegriffen, obwohl sie eine zierliche fünfundsiebzigjährige Frau ist. Ich riet ihr, nicht mehr dorthin zu gehen, und bot ihr an, die Versorgung dieser Katzen zu übernehmen. Denjenigen möchte ich sehen, der es wagt, mich herumzustoßen, und wäre ich an dem Tag, als Ramona angegriffen wurde, dort gewesen, hätte ich den Kerl fertiggemacht.

Eines Tages erwischte ich ihn, als er die Katzen verscheuchte, und stellte ihn zur Rede.

»Warum lassen Sie die Katzen nicht in Ruhe? Die tun Ihnen doch nichts. Die tun niemandem etwas.«

»Ich hasse diese Biester und wünschte, sie wären tot«, fauchte er mich an. »Am liebsten würde ich sie alle umbringen.«

»Wenn Sie eine dieser Katzen anrühren oder ihr auch nur ein Schnurrhaar krümmen, mach ich Sie fertig«, knurrte ich, und damit war es mir ernst. Danach ging mir der Kerl aus dem Weg; mit mir wollte er sich nicht anlegen. Hilflose ältere Frauen waren wohl eher sein Fall.

Eines Tages zerrte mich Ginny zu Andy, einem weißbäuchigen kleinen Tiger, ungefähr vier Monate alt, der auf der Straße lebte. Er war ein freundlicher Kater und spielte gern mit Ginny. Ich schnappte ihn mir und brachte ihn zum Tierarzt zum Kastrieren. Am nächsten Tag kam ein Mann in die Praxis, der für seine Schwester, die nach Pennsylvania gezogen war, ein Kätzchen haben wollte. Als er Andy sah, der zwar kein niedliches Kätzchen mehr, sondern ein langbeiniger junger Bursche war, verliebte er sich sofort in ihn. Die Arzthelferin rief mich an. »Möchten Sie den Kater weggeben?«

»Ja, wenn ihm jemand ein gutes Zuhause bietet.«

»Hier ist ein Mann, der einen sehr zuverlässigen Eindruck macht. Er will sogar für Andys Impfungen und Kastration aufkommen.«

Das war mir noch nie passiert und sollte auch nicht mehr geschehen. Es war einfach toll. Andy fand umgehend ein neues Zuhause, und es kostete mich keinen Cent. Jetzt lebt er glücklich in Pennsylvania bei seiner Familie.

Freya, nach einer guten Freundin von mir benannt, lebte in der Miller Street. Sheilah mochte Freya und glaubte, die Katze würde für jemanden ein großartiges Haustier abgeben, wenn wir sie einfangen könnten. Freya war eine mächtige Katze. Sie wog ungefähr acht Kilo und war zu groß für die Falle – die Klappe schloß sich nicht.

In dieser Nacht gebar Freya fünf Kätzchen, und wir schafften es, die ganze Familie zum Tierarzt zu bringen. Eine Frau, die eine Gefährtin für ihre Katze suchte, sah Freya in der Praxis und verliebte sich sofort in sie. Gleich nach der Entwöhnung fanden auch die fünf Kätzchen eine Bleibe. Das war eine großartige Rettungsaktion – fünf Katzen auf einen Schlag.

JACKIE

Jackie war ein schwarzes Kätzchen, das in der Praxis des Tierarztes darauf wartete, von jemandem mitgenommen zu werden. Sie war so niedlich und liebevoll, daß Ginny sofort ihr Halleluja anstimmte: Gib mir diese Katze ... bitte ... bitte. Was natürlich bedeutete, daß mit dem Kätzchen etwas nicht stimmte. Es war blind.

»Nein, Ginny, die kriegst du nicht«, sagte ich zu ihr. »Wir bringen Jackie zur Tier-Ausstellung.«

Die Long-Island-Tier-Ausstellung 1993 ist eine gemeinsame Veranstaltung von örtlichen Tierheimen zusammen mit dem Tierschutzverein, anderen Tierrettungsgruppen und sogar Tierhändlern. Die Ausstellung fand in einem großen, zentral gelegenen Gebäude, dem Nassau Coliseum, statt, wo die Besucher aufgefordert wurden, heimatlose Tiere zu adoptieren. Am Abend bevor wir Jackie dorthin brachten, nahmen Sheilah und ich ein Video auf. Darauf war Sheilah mit der kleinen Katze im Arm zu sehen, die ihr die Pfoten um den Hals legte, wobei sie der Kamera den Rücken zuwandte. Sheilah erzählte, wie niedlich Jackie sei und wie zärtlich. Erst am Schluß des Videos drehte sie das Kätzchen um und erklärte, daß Jackie blind sei. Die Aufnahme war sehr dramatisch und wirkungsvoll.

So wirkungsvoll, daß Jackie es nicht bis zur Ausstellung schaffte. Ken, ein Mann, der für unseren lokalen Tierschutzverein arbeitet, war von Jackie trotz ihrer Blindheit derart angetan, daß er sie als Gefährtin für seine Katze Polly nahm, die wegen ihrer überzähligen Zehen – einer angeborenen Mißbildung namens Polydaktylie – so genannt worden war.

Ken gab Jackie beinahe zwei Jahre lang ein liebevolles Zuhause, bis er plötzlich und unerwartet starb. Für Jackie und Polly mußten sofort neue Plätze gefunden werden. Kens Schwester in Kalifornien erbot sich, Polly aufzunehmen, aber mit der kleinen blinden Jackie fühlte sie sich überfordert. Jackie kam in die Tierarztpraxis zurück, bis sich ein neues Heim für sie finden würde. Da hatten wir also wieder eine behinderte Katze, und Sie wissen mittlerweile, was das bedeutet. Ginny sah Jackie erneut und stimmte im selben Augenblick ihr flehendes Winseln an. Und wie ge-

154

wöhnlich setzte meine Hündin ihren Kopf durch, und Jackie lebt jetzt bei Sheilah. Ginny besucht Sheilahs Katzen jeden Tag. Sobald sie in die Wohnung kommt, ist Jackie bei ihr, kuschelt sich an sie und schläft glücklich ein.

Sheilah und ich berieten uns mit dem Tierarzt, der meinte, daß eine Operation an einem Auge Jackie zumindest teilweise ihr Augenlicht wiedergeben könnte. Wir stimmten der Operation zu. Nach dem Eingriff im Januar 1995 konnte Jackie zum erstenmal in ihrem jungen Leben mit einem Auge sehen, und ihr eröffnete sich eine wundervolle neue Welt. Wenn Sie eine glückliche Katze sehen wollen, dann sollten Sie Jackie beobachten, wie sie ihrem Ball nachjagt.

Und Jackie kann endlich Ginny sehen.

NEUN

GINNY DER ENGEL

Viele Leute denken, ich sei nicht normal, ja, verrückt, weil ich jeden Cent, den ich bekomme, sofort für das Füttern und die Rettung von Katzen ausgebe. Da ich mir selbst kaum etwas kaufe, schaffe ich es mit meiner Invalidenrente sogar, den Tierarzt zu bezahlen, dessen Rechnungen sich wirklich summieren, trotz des großzügigen Rabatts, den er mir gibt.

Tulip, die so schlimm mit einer Kette geschlagen wurde, kostete mich zwischen siebenhundert und achthundert Dollar für ihre medizinische Behandlung. Genau wie Rosie, die beinahe verhungert und erfroren wäre. Beide Katzen hatten drei Wochen in der Tierklinik bleiben müssen. Van Goghs Uterusoperation erforderte einen Klinikaufenthalt von sechs Wochen, was mich über tausend Dollar kostete. Die arme kleine Jasmine, die Wunden am ganzen Körper hatte, mußte auch sechs Wochen in der Klinik bleiben, wofür sich die Rechnung auf über tausend Dollar belief. Die Katzen wieder wohlauf zu sehen war mir jedoch jeden Cent wert.

Die Klinikkosten kamen zu den wöchentlichen Kosten für Impfungen und Sterilisationen hinzu. Zum Beispiel trugen alle meine »Draußen-Katzen« Tollwuthalsbänder, damit niemand sie einfing, weil sie nicht geimpft waren. Beim Tierarzt hatte ich ein Konto, und von Zeit zu Zeit tilgte ich mit meiner Kreditkarte alle angelaufenen Schulden. Dafür mußte ich allerdings Zinsen bei der Bank bezahlen. Dieser Kreislauf endet nie, aber ich beklage mich nicht. Irgendwie treibe ich immer genug Geld auf, um den Katzen die nötige Hilfe zukommen zu lassen.

Katzenfutter kostet mich täglich zwischen fünfzehn und zwanzig Dollar – dreihundertfünfundsechzig Tage im Jahr. Ich kaufe Futter en gros bei einem Katzenfutterhersteller, sonst wären die Kosten noch höher. Ich biete meinen Katzen gern Abwechslung und füttere sie mit Iams, Whiskas, Fresh Catch, Sheba und besteche die »Draußen-Katzen« mit Leckerbissen. Ich habe immer Angst, daß sie verdorbene Reste aus dem Müll oder vergiftetes Futter, das ausgelegt wird, fressen. Meine »Draußen-Katzen« haben jedoch mittlerweile einen so erlesenen Geschmack entwickelt, daß sie über Abfälle nur die Nasen rümpfen.

Wenn ich mit Ginny spazierengehe, nehme ich immer saubere Katzenschüsseln und frisches, gefiltertes Wasser mit. Unser Leitungswasser ist nicht trinkbar; es enthält Schmutz, Rost und eine Menge Chlor. Eine Zeitlang kaufte ich teures Wasser in Flaschen, bis ich erfuhr, daß die Flaschen in New Jersey abgefüllt werden und kein Quellwasser aus den Bergen enthalten, wie auf den Etiketten steht. Deshalb habe ich mir ein Filtersystem gekauft. Ich benutzte am Anfang leichte Plastikschalen, die auch für den Straßenverkauf von chinesischem Essen verwendet werden, aber die blies der Wind fort. Also nehme ich jetzt schwere Keramikschalen, die ich jeden Tag spüle.

Wenn Ginny und ich zu Fuß losmarschieren, habe ich an die sieben Kilo Trocken- und Dosenfutter, Wasser und Schüsseln bei mir. Unsere Runden führen regelmäßig zu drei Futterplätzen, zu Paradies Zwei, zu dem Baum auf dem Mittelstreifen der Straße in der Nähe meiner Wohnung und – bei gutem Wetter – zu Ramonas früherem Futterplatz in der Miller Street. Manchmal unterbreche ich meine tägliche Routine, gehe zwischendurch nach Hause, um die leeren Dosen und Wasserflaschen abzuladen, die schmutzigen Keramikschüsseln zu spülen, und dann ziehen wir voll beladen wieder los.

Während des Schneesturms, in dem wir Rosie fanden, stürzte Ramona schwer und brach sich die Hüfte. Ihre Gefährtin sorgt seitdem für ihre hundertvierzig Katzen. Ramona ist jetzt auf dem Weg der Besserung, aber ich habe einen Teil ihrer Futterplätze – diejenigen, die ich zu Fuß erreichen kann – übernommen. Sheilah kümmert sich um die Stellen, die zu weit entfernt und deshalb mit dem Auto angefahren werden müssen. Ramonas Nachbarn haben mit einer Petition ihren Auszug gefordert, mit der Begründung, ihr Haus stinke nach Katzen. Als ich sie besuchte, war das Haus makellos sauber und roch überhaupt nicht. Noch ein

Beispiel für die Boshaftigkeit von Menschen, die Katzen nicht mögen.

Die Miller Street liegt zwar auf meiner Route, ist aber eine Meile von meiner Wohnung entfernt, so daß Sheilah bei schlechtem Wetter morgens und abends auf dem Weg zu und von ihrer Arbeitsstelle dort vorbeifährt und die Katzen füttert. Am Futterplatz in der Miller Street erscheinen grau-weiße und schwarz-weiße Katzen – Klaatu, Gort und ein Kater, den ich Saucer nenne, weil er immer neben der Futterschüssel wartet. Jetzt sind noch zwei Katzen hinzugekommen, Silver Streak, eine silbergestromte Tabby, und ein schwarzweißer Kater namens Rufus. Sheilah fährt oft durch die Miller Street und füttert unterwegs streunende Katzen, weil ihr Kofferraum immer voller Katzenfutter ist. Auch ich habe stets ein paar Dosen Futter bei mir, wenn ich mit Ginny spazierengehe, für den Fall, daß mir unterwegs ein hungriges Wesen begegnet, was auch meistens so ist.

NAMEN FÜR MEINE KATZEN

Ich werde oft gefragt, wie mir die Namen für so viele Katzen einfallen, dabei ist das gar nicht schwierig. Die meisten Namen entlehne ich aus meiner Umgebung. Überall findet man Anregungen für schöne Katzennamen. Als zum Beispiel Ginny Vogue gefunden hat, war Sheilah dabei und hatte das Modemagazin *Vogue* bei sich. Ich sah den Titel und dachte: Das ist ein toller

Name für diese Katze. Später, als Madonna ihre Single und das Video *Vogue* herausbrachte, sagte ich zu meiner Katze: »Jetzt bist du ein Star.«

Revlon nannte ich wegen ihres roten Fells so, weil es mich an Lippenstift erinnerte. Betty Boop bekam ihren Namen, als wir sie vom Tierarzt nach Hause in Sheilahs Apartment brachten.

»Wie sollen wir sie nennen?« fragte Sheilah, als wir die wütende Katze betrachteten, die keine Hinterfüße hat und gerade in die Familie eingegliedert wurde. Da fiel mein Blick auf eine kleine Porzellanfigur, die Betty Boop darstellte und die jemand Sheilah geschenkt hatte. Und schon hatte ich einen Namen. Außerdem sah ich mir als Kind häufig Betty-Boop-Cartoons an.

Ich habe immer gern Bücher über Geschichte und Mythologie gelesen und daraus die Namen Thor, Klytämnestra, Venus, Penelope, Caesar, Calliope, Hector und mehrere andere entnommen. Solomon und Sheba stammen natürlich aus dem Alten Testament, und Herod ist aus dem Neuen Testament. Darlene wurde nach Roseannes Tochter in der Fernsehshow genannt, weil sich die beiden so ähnlich – unabhängig und lebhaft – sind. Klaatu ist der Name eines Darstellers in dem alten Science-fiction-Film *The Day the Earth Stood Still*. Chairman erinnert mich irgendwie an Frank Sinatra, obwohl ich das nicht begründen kann. Es gibt eine Unzahl schöner Namen für Katzen; man muß sie nicht alle Kitty nennen. Obwohl Kitty kein häßlicher Name ist.

Ich bin nicht der einzige Mensch, der Ginny liebt. Da ist zum Beispiel noch Penny, eine Nachbarin, die im Parc-Vendome-Apartmenthaus wohnt, selbst Katzen hat und heimatlose Katzen auf ihrer Terrasse füttert. Wir gehen zum selben Tierarzt, und auch Penny hat ihm Katzen gebracht, die ein liebevolles Zuhause brauchten. Viele Male hat sie Ginny beim Füttern geholfen und ruft mich oft an, um mir mitzuteilen, wo sie eine fremde, streunende Katze gesehen hat, die unserer Hilfe bedarf.

Ramona ist natürlich eine gute Freundin mit einem liebenden Herzen. Sie hat ihr Haus hundertvierzig Katzen geöffnet und würde gern weitere hundertvierzig aufnehmen. Sie ist über Ginnys Rettungsaktionen begeistert und liebt Ginny sehr. Wenn ich Futter im Großhandel kaufe, bringe ich auch Katzenfutter für Ramona mit. Das macht ihr das Leben ein bißchen leichter.

Ich kann nicht genug Loblieder auf meine Tierärzte singen, einen Mann und eine Frau, die nur aus Freundlichkeit, Mitgefühl und Hingabe bestehen. Die beiden verwandelten das Wort *human* in *humanitär*; ihren Einsatz für die Katzen, die ich im Verlauf der Jahre in ihre Praxis gebracht habe und die häufig dem Tode nahe waren, kann ich nur heroisch nennen. Ich habe oft erlebt, wie Tiere, die mit einem Bein schon im Grab standen, ins Leben zurückgeholt wurden. Ginny und ich hätten ohne die Unterstützung von Dr. Lewis

Gelfand und Dr. Andrea Kuperschmid nie so viel erreicht. Beide sind getreue Freunde von Ginny und mir und den Katzen. Doch Ginnys beste Freundin und enthusiastischste Helferin ist Sheilah Harris.

»Ich bin Ginnys Mommy«, prahlt sie und hat recht. Wäre Sheilah nicht gewesen, wäre ich nie ins Tierheim gegangen und hätte Ginny nie gefunden. Nur Sheilahs Überredungskunst habe ich es zu verdanken, daß ich überhaupt diesen ersten Spaziergang mit Ginny machte, bei dem sie mich bezauberte. Sheilah war vom ersten Augenblick an Ginnys Fürsprecherin.

»Ginny stand auf und ging direkt auf Philip zu«, erzählt Sheilah. »Sie konnte kaum gehen, humpelte aber trotzdem direkt zu ihm, wie eine Biene zur Blume fliegt. Sie war auf dem absoluten Tiefpunkt, leckte jedoch Philips gesunde Hand, und ich wußte sofort, daß sie eine Entscheidung getroffen hatte. Ginny hat Philip gewählt. Auf dem Heimweg lag sie die ganze Zeit auf Philips Schoß.«

Früher habe ich Katzen so gehaßt, daß sogar meine beste Freundin ihre Katzen einsperren mußte, ehe ich einen Fuß in ihr Haus setzte. Ginny hat mir völlig den Kopf verdreht, und mein Katzenhaß hat sich in Liebe verwandelt.

Ich habe erlebt, wie Ginny auf Hilferufe reagiert«, fährt Sheilah fort, »und wie sie verletzte Katzen aufspürt. Ginny versteht die Ängste der Katzen und läßt nicht locker, bis sie die kranken Tiere in ihren Verstecken aufstöbert. Dann bellt sie mich an, was mir klar und deutlich zu verstehen gibt: Sheilah, tu was!

Ich hörte die Töne, die sie von sich gab, als sie diesen Wurf einwöchiger Kätzchen entdeckte, und habe gesehen, wie sie die Winzlinge leckte und putzte wie eine Katzenmutter. Philip hat die Kätzchen in seine Badewanne gelegt, die ihnen Schutz bot, und Ginny blieb bei ihnen in der Wanne und wärmte sie mit ihrem Körper. Ich muß gestehen, daß ich mich in diese niedlichen kleinen Kätzchen verliebte – ich, die Katzenhasserin! – und daß dieses Erlebnis der Anfang meiner Liebe für Katzen war.

Ginny lehrte mich alles über streunende Katzen und ihre Rettung. Ich erkannte ihre Gefühle für alle Lebewesen. Das waren echte Gefühle, die mich überzeugten, daß wir hungrigen und leidenden Tieren helfen müssen. Uns bleibt keine Wahl. Zuerst ließ uns Ginny keine Wahl, und später starteten wir diese Rettungsaktionen aus eigenem Antrieb.«

Ein Erlebnis, das Sheilah besonders beeindruckte und beeinflußte, fand in ihrem Apartment statt. Ginny fing plötzlich an, mit den Zähnen Handtücher aus ihrem Schrank zu zerren, was sie noch nie getan hatte, wobei sie winselte, um unsere Aufmerksamkeit zu wecken.

»Sie will raus«, sagte ich zu Sheilah. »Irgendwo da draußen steckt eine Katze in Schwierigkeiten.«

Wir gingen mit Ginny hinaus und fanden Venus, dem Tode nahe, in dieser Garage. Dieses Erlebnis beeindruckte Sheilah sehr, und sie fing an, Katzen mit anderen Augen zu sehen.

»Ich erkannte, daß die Katzen Ginnys Familie sind«,

erzählt Sheilah, »als ich sah, wie zart und liebevoll sie mit Madame und Vogue und den anderen umging. Aber Ginny gehört zum Teil auch mir. Sie hat zwei Zuhause, meins und Philips, und sie besucht mich jeden Tag, um nach den Katzen zu sehen.« Sheilah sagt, daß es unmöglich sei, nicht an Ginnys Wunder teilhaben zu wollen.

»Vor ein paar Jahren noch hätte ich nie geglaubt, daß Katzen einmal mein Leben sind«, erklärt Sheilah kopfschüttelnd. »Deshalb rase ich auch nicht mehr auf den Straßen. Ich habe Angst, eine Katze zu überfahren.«

Sheilah ist jetzt bei den Nachbarn die »Katzen-Lady«. Ein paar von unseren Katzen leben seit einiger Zeit bei Sheilah, was uns ein bißchen mehr Platz gibt. Sheilah vergöttert diese Katzen, die nun ihre Familie sind. Natürlich besucht Ginny täglich ihre Freunde, putzt sie und spielt mit ihnen. Für Sheilahs und meine Katzen ist Ginny teils Mutter, teils Krankenpflegerin. Mittlerweile lebe ich mit sechzehn »Drinnen-Katzen«, aber diese Anzahl ist bestimmt nur vorübergehend. Sicher sind Nummer siebzehn und achtzehn nicht weit entfernt. Und dann sind da noch die Terrassenkatzen, die nicht bei uns wohnen wollen, sondern nur zum Schlafen und Fressen auf meine Terrasse kommen. Für Chairman, Marble, Rembrandt und Suzanne ist meine Wohnung eher ein Hotel als ein Zuhause. Bei kaltem Wetter schlafen ein paar »Draußen-Katzen« aneinandergekuschelt in den drei Körben, die immer auf der Terrasse stehen und auf die ich jeden Tag Futter und frisches Wasser stelle.

Während ich dieses Buch schreibe, haben Sheilah und ich ungefähr fünfundsechzig Katzen in gute Hände gegeben, und in meiner Wohnung leben sechzehn »Drinnen-Katzen«. Das ist ein Rekord, auf den ich sehr stolz bin; ich bin auch auf Sheilah und mich stolz, aber am stolzesten bin ich auf Ginny. Sie liebt alle unsere Katzen und wird von ihnen geliebt. Alle spielen ständig miteinander und liebkosen sich gegenseitig. Ginny ist jedoch, wie ich glaube, am glücklichsten, wenn sie eines der Kätzchen leckt und an seinem Fell knabbert, bis es sauber und glatt ist.

GINNY WIRD BERÜHMT

1993 hörte ich von einem Kurs, der von Carol Wilbourne, einer berühmten Katzentherapeutin im Learning Annex, abgehalten wurde. Das Thema lautete: »Wie rede ich mit meiner Katze?« Weil ich mit Betty Boop, die manchmal das Sofa oder den Teppich anstelle des Katzenklos benutzt, Probleme hatte, entschloß ich mich, diesen Kurs zu besuchen. Zum Schluß fragte Carol ihre Teilnehmer: »Wie viele Katzen haben Sie?« Ich hob die Hand und sagte: »Acht.« Nach dem Kurs unterhielten wir uns eine Weile, und ich erzählte Carol von Ginny und ihrer bemerkenswerten Gabe, heimatlose, hungernde und vor allem behinderte Katzen zu retten. Carol meinte: »Darüber sollten Sie eine Geschichte schreiben.«
Fünf Tage später bekam ich einen Anruf vom Learning

Annex, und mir wurde mitgeteilt, daß sich die Illustrierte *Good Housekeeping* mit mir in Verbindung setzen wolle. Ob es mir recht sei, wenn meine Telefonnummer weitergegeben werde? Ich war damit einverstanden. Und so kam am heißesten Tag des Jahres Phyllis Levy, die Herausgeberin von *Good Housekeeping*, eine wahre Katzennärrin, zusammen mit einem Fotografen und dem Journalisten Micki Siegel zu mir. Ich brachte die drei in Sheilahs Apartment zu den Katzen, aber keine Pfote, kein Schnurrhaar zeigte sich. Nirgendwo war eine Katze zu entdecken.

Die drei warfen mir seltsame Blicke zu, als wäre ich ein Verrückter, der ihre kostbare Zeit vergeudet. »Sind Sie sicher, daß es in dieser Wohnung Katzen gibt?«

Ich ging über den Hof in meine Wohnung zurück und holte Ginny. Als Ginny ihre Pfote in Sheilahs Apartment setzte, erschienen wie von Zauberhand herbeigerufen alle Katzen. Madame zeigte sich als erste, und damit war das Eis gebrochen. Dann erschien der kleine Caesar, gefolgt von den anderen. Aus allen Ecken und Winkeln kamen sie und scharten sich um Ginny. Micki Siegel ließ die Kamera klicken und machte viele Fotos. Zuerst bellte Ginny den Fotografen an, der, wie sich herausstellte, Raucher war, und Ginny haßt den Geruch von Zigarettenrauch. Nachdem die drei gegangen waren, wirkte Ginny niedergeschlagen. Sie ist die geborene Schauspielerin und liebt es, im Mittelpunkt zu stehen. Und die drei von der Illustrierten hatten sie wirklich mit Aufmerksamkeit überhäuft.

Nachdem Micki Siegels Artikel im Juni 1994 in *Good*

Housekeeping erschienen war, wurde Ginny so etwas wie eine lokale Berühmtheit. Viele Leute aus der Nachbarschaft sagten: »Ich habe Ihre Hündin in der Illustrierten gesehen und den Artikel gelesen.« Manche boten mir sogar Geld für Katzenfutter an, das ich aber nie angenommen habe. Diese Aufgabe erledige ich lieber allein.

Natürlich war nicht jeder so freundlich. Vor allem die Frage: »Was ist denn das für ein Leben?« höre ich immer wieder.

»Es ist mein Leben«, antworte ich dann. »Und ich bin glücklich damit.«

Andere waren empört, daß ich die Katzen vom Tierarzt sterilisieren ließ. »Tiere zu sterilisieren ist gegen den Willen Gottes«, sagten sie zu mir.

Aber ich glaube nicht, daß es Gottes Wille ist, daß so viele unerwünschte Tiere auf die Welt kommen und ein kurzes, schweres Leben führen und elend zugrunde gehen. Ich halte es für besser, bereits lebende Tiere zu domestizieren und ihnen Wärme und Liebe zu geben.

Ich werde auch oft gefragt: »Haben Sie nie daran gedacht, noch einen Hund zu nehmen?« Einmal war ich nahe daran. Als Ginny und ich wieder einmal das Tierheim besuchten, sah ich in einem Käfig einen Hund, der mir gefiel. Damals lebten nur Vogue und Madame bei mir, und ich spielte einen Augenblick lang mit dem Gedanken, ihn als Ginnys Gefährten mit nach Hause zu nehmen.

Aber Kenny, der Pfleger, schüttelte den Kopf und sagte: »Nein. Dieser Hund tötet Katzen.«

Und damit war *dieser* Hund für mich gestorben. Danach vermehrten sich – dank Ginny – die Katzen in meinem Haushalt so schnell, daß gar nicht mehr daran zu denken war, noch einen Hund aufzunehmen.

Ginny traf einmal zufällig einen ihrer Welpen im Tierheim. Er hieß Paddy und war voll ausgewachsen. O Mann, war der gewachsen! Er war mindestens doppelt so groß wie Ginny und hatte ein wunderschönes schwarzes, glänzendes Fell. Er erkannte in Ginny nicht seine Mutter, sondern wollte auf sie losgehen und Hackfleisch aus ihr machen. Außerdem haßte er Katzen!

Paddy war als Welpe aus dem Tierheim geholt worden, wurde jedoch so groß und kräftig, daß die Besitzer nicht mehr mit ihm fertig wurden und ihn zurückbrachten. Paddys Geschichte ging jedoch glücklich zu Ende. Er kam zu einer Familie mit drei heranwachsenden Jungen, die begeistert über diesen großen, energiegeladenen Spielgefährten waren. Paddy entwickelte sich zu einem guten Schutz- und Wachhund und lebt noch immer bei dieser Familie.

GINNYS FEINDE

Es ist schwer zu akzeptieren, aber nicht jeder Bewohner von Long Island liebt Ginny so, wie Sheilah und ich es tun. Ginny hat auch Feinde, Menschen, die in ihrer Ignoranz Katzen hassen und fürchten und die nicht wollen, daß Katzen vor dem Tod bewahrt und täglich gefüttert werden. Da gibt es einen Kerl, den ich »Giftmörder« nenne, und ich bin überzeugt, daß er für das plötzliche Verschwinden einer Anzahl meiner »Draußen-Katzen« verantwortlich ist. Könnte ich ihn doch nur auf frischer Tat ertappen, dann würde ich ihn fertigmachen. Ich spreche nicht von Gewalttätigkeit, sondern von einer Anzeige beim Tierschutzverein von Long Island, einer Geld- und vielleicht sogar einer Gefängnisstrafe. Bisher vermochte ich ihm noch nichts nachzuweisen, obwohl es einmal zu einer Konfrontation kam, in der er sich verriet.

»Was machen Sie da?« fragte er mich eines Tages, als er mich an dem Baum auf dem Mittelstreifen antraf.

»Ich füttere die Katzen.« Was nicht zu übersehen war, schließlich war der Kerl nicht blind.

»Ich rate Ihnen, damit aufzuhören.«

»Warum? Haben Ihnen diese Katzen etwas getan?«

Er schob die Unterlippe vor und starrte mich an. »Die gehören nicht hierher. Außerdem übertragen diese Biester Krankheiten. Ich werde sie vergiften.«

»Wenn Sie das tun, verprügele ich Sie so, daß Ihnen Hören und Sehen vergeht.«

Trotzdem vergiftete er ein paar meiner »Draußen-Katzen«, aber ich bin mir sicher, daß er nicht der einzige ist, der Katzen tötet. Eine Menge Leute in meiner Gegend sind nicht glücklich darüber, daß in der Nähe ihrer Wohnungen Katzen gefüttert werden. Sie mögen es nicht, wenn sich die Katzen an bestimmten Stellen versammeln, und vor allem stört sie ihr Geschrei. Sich paarende Katzen machen nun einmal viel

Lärm, und das vor allem nachts, wenn die Leute schlafen wollen. Da ich die Katzen jedoch einfange und sterilisieren lasse, paaren sie sich nicht mehr und sind nachts viel ruhiger. Also sollten diese Menschen Ginnys und meine Anstrengungen begrüßen. Sie haben aber trotzdem etwas dagegen.

GINNY DER ENGEL

Im Verlauf der Jahre und mit Ginnys zunehmender Berühmtheit haben mich viele Leute gefragt: »Halten Sie Ginny für einen Engel?«

Ich habe lange über Ginnys einzigartige Gabe, kranke, verletzte und behinderte Katzen aufzuspüren, nachgedacht. Ich glaube, daß Ginny gewußt hat, daß Madame stocktaub war, als sie das Kätzchen zum erstenmal sah. Ich glaube, daß Ginny ebenso erkannt hat, daß Jacky blind, Revlon halbblind war und Topsy nie würde gehen können, daß Betty Boop keine Hinterfüße und ich nur einen gesunden Arm hatte. So wie ich überzeugt bin, daß morgen im Osten die Sonne aufgeht, bin ich überzeugt, daß Ginny von Gott geschickt wurde, um all diese guten Taten zu vollbringen.

Wie wäre es ihr sonst gelungen, eine Katzenhasserin wie Sheilah zu einer absoluten Katzennärrin zu machen, die jetzt eine Wohnung voller Katzen hat?

Ginny ist noch immer der Magnet für Behinderte – Tiere und Menschen. Zwei Jahre lang hatte sie einen Hundefreund, einen wunderschönen dunklen Labrador namens Coffee. Wir begegneten Coffee fast täglich beim Spazierengehen. Er trug immer einen Stock im Maul. Gleich beim erstenmal lief Ginny auf ihn zu.

»Halten Sie Ihre Hündin fest!« schrie der Besitzer. »Lassen Sie sie nicht in die Nähe meines Rüden. Er mag keine anderen Hunde und greift an, wenn sie seinen Stock berührt.«

Es war jedoch schon zu spät. Ginny stand bereits Nase an Nase mit Coffee, der sofort den Stock fallen ließ und offenbar nichts dagegen hatte, daß sie den Stock nahm. Er knurrte nicht einmal.

Der Stock war für Coffee sehr wichtig, weil er blind war. Dieses Stück Holz, das er immer mit sich herumtrug, muß ihm ein Gefühl der Sicherheit gegeben haben. Niemand außer seinem Besitzer und Ginny durfte ihm diesen Stock wegnehmen. Sobald Ginny Coffee sah, lief sie zu ihm, biß in den Stock, und er ließ ihn sich aus dem Maul nehmen. Dieses Spiel spielten die beiden zwei Jahre lang fast täglich, bis Coffee mit seinem Besitzer nach Florida zog.

Und hier ist noch ein Beispiel für Ginnys spezielles Gespür für Behinderungen. Vor nicht allzu langer Zeit, als ich mit dem Zug aus der City kam, holte mich Sheilah vom Bahnhof ab und brachte Ginny mit. An der Bushaltestelle wartete ein Mann. Als Ginny ihn sah, zerrte sie sofort an ihrer Leine, winselte und bellte. Der Mann war blind, obwohl er nicht den Eindruck machte. Sheilah erkannte es erst, als er einen ineinandergeschobenen weißen Stock aus der Tasche nahm. Da ließ sie Ginny zu dem Mann. Er bückte sich und streichelte Ginny, die über zwanzig Minuten bei ihm blieb, bis sein Bus kam. Sheilah konnte es kaum erwarten, mir davon zu erzählen. Das ist noch ein Beispiel dafür, wie Ginny auf Menschen mit Behinderungen reagiert.

Jemand fragte mich mal, ob ich an Engel glaube. Auch wenn es eine Zeit gab, da ich nicht daran glaubte, jetzt tue ich es. Ich glaube wirklich, daß Ginny ein Engel ist, der für diese spezielle Aufgabe vom Himmel geschickt wurde. Wenn man überlegt, wie viele Leben sie gerettet und verbessert hat – angefangen mit meinem –, gibt es nur eine Erklärung, nämlich daß sie eine Mission zu erfüllen hat.

Ginny und ich leben nun seit fünf Jahren zusammen. Wir haben beide am 1. April Geburtstag. Sie ist jetzt sechs Jahre alt. Als ich sie vom Tierheim nach Hause brachte, haben wir einen Pakt geschlossen. Ich versprach ihr, daß ich sie lieben und behalten und als Mitglied der Familie behandeln würde, und sie versprach mir, daß sie sehr lange leben und sehr lange bei mir bleiben würde. Ich werde dafür sorgen, daß sie ihr Versprechen hält.

Und wie sieht die Zukunft aus? Ich hoffe und bete, daß unser Leben so weitergeht wie bisher und daß Ginny und ich noch viele Jahre unsere Mission zu erfüllen in der Lage sind. Könnte ich je einen Traum verwirklichen, so würde ich mit Hunderten von Katzen und Hunderten von Hunden auf einem großen Stück Land leben, und Ginny würde alle beaufsichtigen. Das würde mich und das würde Ginny sehr glücklich machen.

Ginny, meine Hündin, rettete mir das Leben. Als ich ihr begegnete, war ich deprimiert, unglücklich und wurde von Zukunftsängsten gequält. Sie hat meine Schritte in eine neue Richtung gelenkt. Zunächst habe ich diesen Pfad nur zögernd betreten, doch Ginny und die Katzen haben mich überzeugt. Nur dank ihrer Bemühungen führe ich jetzt ein ausgefülltes, glückliches und sinnvolles Leben.

Was ist ein Engel? Für die meisten Menschen ist es ein unsichtbares Wesen, das von Gott mit himmlischen Kräften ausgestattet wurde. Engel sind überall. Ein Engel wacht über die Sterblichen in ihrem Alltag, kümmert sich um sie, geleitet sie durchs Leben und greift im richtigen Moment ein, um Tod und Unglück abzuwenden. Nun, wie unterscheiden sich Engel von Ginny und ihren guten Taten? Und wo steht geschrieben, daß ein Engel Flügel haben muß und keinen wedelnden Schwanz? Ich glaube fest daran, daß Gott Ginny auf die Erde geschickt hat, um Katzen zu retten, die ohne ihr Eingreifen gestorben wären. Ich glaube, daß Gott Ginny geschickt hat, um mich zu retten. Ohne ihr Einschreiten wäre ich ein verbitterter, nutzloser Mensch geblieben.

Jetzt ist für mich jeder Tag bedeutungsvoll, weil ich als freiberuflicher, selbständiger und unbezahlter Tierschützer arbeite. Ich werde von diesen heimatlosen, hungrigen und mißhandelten Tieren gebraucht, wie ich nie zuvor in meinem Leben gebraucht wurde. In meinem früheren Leben hatte ich viel Spaß, aber kein echtes Glücksgefühl. Jetzt kenne ich das wahre Glück eines Lebens für andere und das wahre Glück, von Geschöpfen umgeben zu sein, die ich liebe. Ginny und die Katzen sind meine Familie, und wir lieben es, zusammen zu sein.

Vor allem die kleine Ginny – teils Schnauzer, teils Sibirian Husky, teils himmlischer Engel – hat mich die wichtigste Lektion meines Lebens gelehrt, nämlich daß ein Leben ohne Liebe nicht lebenswert ist, daß Liebe zu schenken lohnender ist, als geliebt zu werden, daß die geringsten aller Kreaturen, die am wenigsten begünstigten Geschöpfe am meisten Liebe verdienen. Es ist eine spirituelle Botschaft, weil jedes Leben kostbar ist, weil alle Leben kurz sind und weil so wie Menschen auch Tiere unsterbliche Seelen besitzen, da sie ebenfalls Geschöpfe Gottes sind.

Wenn das keine Himmelsbotschaft ist, dann wüßte ich gern, welche eine ist.